Die drei ???®

Pfad der Angst

Die drei ???®

Pfad der Angst

Erzählt von
Astrid Vollenbruch

CARLSEN

Außerdem in der Reihe Die drei ???® im Carlsen Verlag lieferbar:

Die drei ??? – Spuk im Netz
Die drei ??? – Rufmord
Die drei ??? – Geisterstadt
Die drei ??? – Codename: Cobra
Die drei ??? – Der Mann ohne Kopf
Die drei ??? – Die geheime Treppe
Die drei ??? – Poltergeist

Veröffentlicht im Carlsen Verlag
August 2010
Mit freundlicher Genehmigung des Franckh-Kosmos Verlages
und der Universität von Michigan

Based on characters by Robert Arthur
Umschlagbild: Helge Vogt
Umschlaggestaltung: formlabor
Corporate Design Taschenbuch: Dörte Dosse
Gesetzt aus der Bembo von Dörlemann Satz, Lemförde
Druck und Bindung: GGP Media GmbH, Pößneck
ISBN 978-3-551-35169-2
Printed in Germany

Die drei ???®

Pfad der Angst

Ein verdächtiges Subjekt

»Uuuuuuh-huuuuuh babe, you set my heart on fire …«
Schwungvoll schob Peter Shaw den Rasenmäher durch den Garten und sang dabei aus voller Kehle zu der Musik in seinen Kopfhörern. Es war brütend heiß, er schwitzte und musste sich ordentlich anstrengen, um vorwärtszukommen.
»… and I can't stand the heat, can't just stand by …«
Das Rasenmähen war eine seiner häuslichen Pflichten und wurde sogar bezahlt. Aber in den letzten drei Wochen war er viel lieber zum Surfen gegangen, als sein Taschengeld aufzubessern, und so war das Gras mittlerweile fast kniehoch gewachsen.
»… uuuuuuh, I can't stand this burning desire …«
Aber dafür hinterließ der Mäher jetzt auch eine schöne kurz geschorene Spur, der man richtig ansah, dass hier gearbeitet worden war.
»… so gimme gimme gimme muuuuuuushroom piiiiiie – huaah!«
Etwas Eiskaltes war ihm gegen den Rücken geklatscht. Peter riss sich die Kopfhörer herunter, griff nach der getroffenen Stelle und fühlte kalte Nässe. Wütend drehte er sich um und sein Blick fiel zuerst auf einen nassen Waschlappen neben ihm im Gras und dann auf seine Mutter, die am Küchenfenster stand. »Ma! Was zum – was soll das denn? Warst du das?«

»Wer sonst?«, sagte seine Mutter. »Ich habe dich in den letzten zehn Minuten fünfmal gerufen. Da du mich jetzt endlich hören kannst, habe ich eine Nachricht für dich. Von Justus.«
Peter horchte auf. »Justus? Hat er angerufen?«
»Nein, ich habe nur diesen Zettel im Briefkasten gefunden. Du warst wohl so beschäftigt, dass er dich nicht stören wollte.« Mrs Shaw drückte ihrem Sohn einen Zettel in die Hand und Peter las:

Hallo, Kollege,
seit gestern hält sich ein verdächtiges Subjekt in der Nähe des Schrottplatzes auf. Auf Grund seines Aussehens, seines Auftretens und seiner allgemeinen Unaustehlichkeit halte ich es nicht für gänzlich ausgeschlossen, dass er ein Verwandter von Skinny Norris sein könnte – vielleicht ein Vetter.
Tante Mathilda hat mich mit einem Auftrag weggeschickt. Bitte komm zum Schrottplatz und achte darauf, was der Verdächtige unternimmt. Sollte er den Schrottplatz betreten, weißt Du, was Du zu tun hast.
Bis später
Justus

Peter stöhnte. »Das hat uns gerade noch gefehlt – ein Vetter von Skinny Norris! Kann ich rüber zu Justus?«
»Und der Rasen?«
»Den mache ich heute Abend fertig, versprochen! Ich muss da unbedingt hin! Wer weiß, was dieser Kerl anstellt, während Justus nicht da ist!«
Mrs Shaw überlegte und nickte dann. »Also gut. Wenigstens

muss dir dann nicht mehr die gesamte Nachbarschaft beim Singen zuhören.«

»Danke, Ma!« Peter lief zum Schuppen, holte sein Fahrrad heraus und schwang sich in den Sattel.

Das ›Gebrauchtwarencenter T. Jonas‹ lag nur wenige Straßen von Peters Zuhause entfernt. Als Peter um die Ecke bog, sah er schon von weitem eine dickliche Gestalt mit blonden Haaren, die mit einem seltsamen Gitter in den Händen vor dem offenen Eingangstor stand. Gerade machte sie einen Schritt vorwärts.

»He!«, brüllte Peter. »Halt! Bleib stehen!«

Der Fremde drehte sich um und Peter erkannte, dass es ein Junge etwa in seinem Alter war. Er sah ein verschwitztes, pausbäckiges Gesicht unter strähnigen blonden Haaren, die schon lange nicht mehr geschnitten oder gewaschen worden waren. Auf der klumpigen Nase saß eine riesige dunkelbraune Hornbrille, die schon vor zwanzig Jahren nicht mehr modern gewesen war. Der Junge trug ein kariertes Holzfällerhemd, das nachlässig in eine uralte braune Kordhose gestopft war und über dem dicken Bauch spannte, und ausgelatschte alte Schuhe. Das Gerät in seinen Händen sah aus wie eine alte Fernsehantenne. Peter brachte sein Rad neben dem Fremden zum Stehen – und wurde fast umgeworfen von dem Geruch, den der andere ausströmte. Er roch, als hätte man ihn mitsamt seiner Kleidung zehn Jahre lang in einem Koffer auf einem modrigen Speicher aufbewahrt, und der stechende Schweißgestank gab noch eine besondere Duftnote dazu.

Peter bemühte sich gar nicht erst, seinen Ekel zu verbergen.

»Willst du hier was?«
Der Junge musterte ihn aus wässrig blauen Augen, zog geräuschvoll die Nase hoch und spuckte aus. »Nee. Und du?« Er hatte eine seltsam künstliche, näselnde Stimme und zog jedes Wort unverantwortlich in die Länge.
»Allerdings – ich arbeite nämlich hier.« Das stimmte sogar mehr oder weniger: Mathilda Jonas, Justus' Tante, zog die Freunde ihres Neffen gerne und oft für Hilfsarbeiten heran.
»Willst du das Ding da verkaufen? Sonst hast du hier nämlich nichts verloren.«
»Jetzt mach mal halblang«, beschwerte sich der Fremde. Seine Stimme klang tatsächlich fast so unangenehm wie die von Skinny Norris, den Peter von ganzem Herzen verabscheute. »Besonders kundenfreundlich bist du ja nicht!«
Peter zögerte. Er wollte sicher nicht daran schuld sein, dass dem Gebrauchtwarencenter ein Kunde verloren ging – nicht einmal, wenn er so unangenehm war wie dieser hier.
»Also schön. Kann ich dir irgendwie helfen?«
»Nee«, sagte der Junge, spuckte wieder aus und drehte sich von ihm weg. Dabei hielt er das antennenartige Gerät von sich ab, als hätte er Angst, dass es ihn beißen könnte. Breitbeinig stand er vor dem Tor, als wollte er dort festwachsen.
Allmählich wurde Peter wütend. »Hör mal, du kannst hier nicht einfach so rumstehen!«
»Kann ich doch.«
»Kannst du nicht!«
»Kann ich doch.«

»Willst du jetzt irgendwas kaufen oder nicht?«

»Nee.«

»Dann hau gefälligst ab, oder ...«

Der Junge grinste und zeigte eine Reihe vorstehender Zähne. »Oder was?«

In diesem günstigen Moment bog jemand mit dem Fahrrad um die Ecke. Es war Bob Andrews, Peters bester Freund und Kollege in ihrem gemeinsamen Detektivunternehmen ›Die drei ???‹, ebenso wie Justus Jonas. Peter atmete heimlich auf. Er hatte nun wirklich keine Angst vor diesem komischen Typen, aber er mochte Gespräche nicht, die so schnurstracks auf eine Prügelei hinausliefen. Erleichtert winkte er Bob zu. »Bob! Hallo!« Bob stieg vom Fahrrad und lehnte es gegen den Zaun. »Hallo, Peter. Hallo, Justus. Puh – du stinkst! Wo hast du denn diese Klamotten aufgetrieben?«

Peter blieb die Spucke weg. »J-Justus?« Ungläubig starrte er von Bob zu dem Fremden hin.

Aber der runzelte nur die Stirn. »Was? Ich heiße nicht Justus. Und meine Klamotten gehen dich überhaupt nichts an!«

»Wie bitte?«, rief Bob. »Natürlich bist du Justus! Hör mal, die Verkleidung ist klasse, aber eklig. Kannst du dich bitte wieder umziehen?«

Wütend starrte der Junge ihn an. »Hör *du* mal zu. Ich heiße nicht Justus und ich weiß nicht, was ihr beiden Komiker von mir wollt. Der Junge, der hier arbeitet, hat mir gesagt, ich soll das Ding hier halten und auf ihn warten. Es wäre ein Experiment, hat er gesagt. Und allmählich reicht es mir!«

Verblüfft starrten Peter und Bob ihn an. »Moment mal«, sagte Bob. »Du bist nicht Justus?«
»Welchen Teil von ›Nein‹ hast du nicht verstanden? Soll ich es noch buchstabieren?«
»Nein, lass mal.« Bob war ziemlich rot geworden. »Tut mir leid. Also hat Justus dir gesagt, du sollst hier auf ihn warten?«
»Was weiß ich, wie der heißt. So ein schwarzhaariger Dicker.«
»Ist ja nicht so, als hättest du nicht auch ganz schön Speck auf den Rippen«, knurrte Peter.
»Wisst ihr was?«, sagte der Junge. »So was muss ich mir nicht anhören. Ihr könnt mich mal, und euer komischer Justus auch. Ich steh doch nicht den ganzen Tag hier blöd rum.« Unvermittelt drückte er Bob die Antenne in die Hand. »Macht doch mit dem Ding, was ihr wollt.« Ohne ein weiteres Wort drehte er sich auf dem Absatz um und marschierte am Bretterzaun entlang davon.
Sprachlos schauten die beiden Detektive ihm nach, bis der Junge um die Ecke des Zauns verschwand.
»Gut, dass der weg ist«, sagte Peter endlich. »Wie bist du bloß auf die Idee gekommen, dieser Typ sei Justus? Was für ein Glück, dass unser Erster dich nicht gehört hat!«
»Ich konnte mir einfach nicht vorstellen, dass der wirklich echt ist«, sagte Bob. Stirnrunzelnd betrachtete er das Metallgestell in seiner Hand. »Und was ist das hier? Was sollen wir damit anfangen?«
»Eine Antenne, würde ich sagen. Was ist das für ein Kästchen in der Mitte?«

»Keine Ahnung.«

In diesem Augenblick gab das Kästchen plötzlich ein schrilles Piepsen von sich und sie zuckten beide zusammen. Bob ließ die Antenne fallen und Peter fing sie gerade noch rechtzeitig auf, bevor sie auf den Boden fallen konnte. Das Piepsen verstummte.

»Ein Empfänger!«, rief Bob. »Das ist ja komisch. Wieso gibt Justus irgendwelchen wildfremden Leuten den Auftrag, mit einem Empfänger vor dem Schrottplatz herumzustehen, während er einkaufen geht?«

»Der Typ sagte doch, es sei ein Experiment. Das sieht Justus wieder ähnlich. Hat er dir auch geschrieben, dass er ihn für einen Vetter von Skinny Norris hält?«

»Wie bitte? Nein. Mir hat er nur geschrieben, dass ich herkommen sollte.« Bob schwenkte die Antenne. Als er sie auf das Tor richtete, ertönte wieder das Piepsen. Es verstummte, als Bob die Antenne in eine andere Richtung drehte. »Hm. Das ist doch eindeutig ein Funksignal, oder?«

»Und der Sender ist vermutlich irgendwo auf dem Schrottplatz.« Peter drehte sich zum Tor um. »Komm, das sehen wir uns mal genauer an!«

»Hm, wenn Justus aber wollte, dass der Junge hier auf ihn wartet …«

»*Wir* müssen aber nicht auf ihn warten, oder? Komm schon!« Sie folgten dem Piepston über den Schrottplatz, vorbei an dem Berg aus Gerümpel und Alteisen, in dem die ›Zentrale‹, ihr Detektivbüro, versteckt war. Es war nicht einfach, dem Signal zu folgen, weil es von dem vielen Metall reflektiert wurde und aus verschiedenen Richtungen zu kommen schien. Aber sie folgten einfach den begehbaren Pfaden und verließen sich darauf, dass Justus den Sender nicht einfach in einen riesigen Haufen Altmetall geworfen hatte. Das Geräusch lockte sie zwischen einigen hohen Regalen hindurch, auf denen aller möglicher Trödel gestapelt war, bis unter das Wellblechdach, unter dem Titus Jonas wertvollere Dinge aufbewahrte. Bob drehte sich mit der Antenne in der Hand. »Da, hinter den Bildern, da muss es sein!«

Peter klappte die alten Bilder nach vorne. »Ja, da ist es!« Er bückte sich und hob ein graues Kästchen auf.

Die beiden Detektive schauten sich um. »Und was jetzt –«, begann Bob, aber ein schrilles Piepsen aus dem Empfänger unterbrach ihn. »Noch einer! Ich glaube, Justus hat den ganzen Schrottplatz mit Sendern gespickt!«

Diesmal führte sie das Piepsen am Zaun entlang. Sie kletterten über alte Maschinen, entdeckten ein Ruderboot, ein uraltes Karussell und die noch ältere Drehorgel, mit der Titus Jonas, Justus' Onkel, in seiner Jugend beim Wanderzirkus aufgetreten war. Endlich kamen sie wieder bei den Regalen heraus – und dort saß der dicke Junge auf drei alten Koffern und drückte auf den Knopf einer Stoppuhr. »Gratuliere«, sagte er grinsend. »Ihr habt eure von mir geschätzte Zeit wahrhaftig um neunzehn Sekunden unterboten.« Dann nahm er sich das falsche Gebiss aus dem Mund, setzte die Brille samt Nase ab und zog die schmierige blonde Perücke vom Kopf.

Ein Päckchen im Park

Peter und Bob blieb die Spucke weg. »Justus!‹, rief Peter. »Also warst du es doch!«

»Natürlich«, sagte Justus selbstzufrieden. »Ich glaube, ich kann sagen, dass dies eine meiner erfolgreicheren Verkleidungen war. Bob habe ich ja nur durch hartnäckiges Leugnen täuschen können, aber du, Peter, bist darauf hereingefallen. Ich muss allerdings zugeben, dass ich bei dir zu einer suggestiven Manipulation gegriffen habe.«

»Zu einer was?«

»Ich habe dir eine Nachricht geschickt, in der ich behauptet habe, ich hätte eine unerfreuliche Gestalt um den Schrottplatz schleichen sehen, die ich für einen Verwandten von Skinny Norris hielte. Da du nicht auf eine Täuschung von meiner Seite gefasst warst, hast du diese Aussage für wahr gehalten und bist in der Erwartung hergekommen, diese zwielichtige Gestalt auch wirklich anzutreffen. Bob hingegen, den ich lediglich gebeten hatte herzukommen, erwartete mich zu sehen. Ich vermute, dass du mich an der Haltung oder einer bestimmten Bewegung erkannt hat.«

»Na ja«, sagte Bob. »Ich dachte, dass du es sein müsstest, weil du dich gerne verkleidest und weil du eben immer hier bist. Du hast mir nicht gesagt, dass du weggehen wolltest, also war mir klar, dass du bloß einen Verkleidungstrick ausprobierst.«

»Und Peter steht mal wieder als Trottel da«, sagte Peter. »Vielen Dank auch. Ich hole mir jetzt eine Limo aus der Zentrale, von der ich erwarte, dass sie da ist, wo sie immer ist, nämlich unter einem riesigen Haufen Schrott. Natürlich wird es mich nicht überraschen, wenn da jetzt tatsächlich ein echter Fatty Norris drin sitzt.«
Bob lachte. »Fatty Norris?«
»Sei doch nicht eingeschnappt, Peter!«, sagte Justus. »An irgendjemandem musste ich diese Verkleidung doch ausprobieren!«
»Zum ersten und letzten Mal, hoffe ich«, sagte Bob und musterte ihn angewidert, während sie sich alle drei auf den Weg zum ›Kalten Tor‹ machten. »Aus welchem Mülleimer hast du diese Klamotten gezogen?«
»Aus einem Koffer, den mein Onkel Titus vorgestern von einem Kunden für zwei Dollar gekauft hat«, sagte Justus. »Diese Antenne steckte übrigens auch darin und ich habe die letzten zwei Tage damit zugebracht, daraus einen funktionierenden Empfänger für unsere Peilsender zu bauen.«
»Wozu das denn? Wir haben doch schon einen Empfänger.«
Bob öffnete die Tür des riesigen alten Kühlschranks, der als ›Kaltes Tor‹ den Durchgang zur Zentrale verbarg, und sie kletterten hinein, wobei Justus einige Probleme mit der sperrigen Antenne bekam.
»Und jetzt haben wir eben einen zweiten als Ersatz. Falls uns zum Beispiel mal wieder einer bei einer Verfolgungsjagd kaputtgeht und das Handy nicht funktioniert.«
Durch einen Gang unter dem kunstvoll abgestützten Holz- und Metallschrott marschierten sie zur Zentrale. Das war

früher einmal ein ausrangierter alter Wohnwagen gewesen. Jetzt war es ein zerbeultes, zerkratztes altes Wrack, das nur noch sehr entfernt an einen Wohnwagen erinnerte. Da die Tür seit einem spektakulären Unfall völlig verbogen war, hatten Justus und Peter sie ausgebaut und zur Reparatur in die Freiluftwerkstatt gebracht.

Im Inneren der Zentrale herrschte Chaos. In einer Ecke lag ein Müllsack voller Papiere und Aktenordner. Das dazugehörige Regal stand vor der Tür zur Dunkelkammer. Der Inhalt der Dunkelkammer – ein Vergrößerer, drei Wannen, Papierpakete und mehrere Kanister voller Chemie – lagerte auf dem Schreibtisch. Der Computer, der eigentlich unter dem Schreibtisch stehen sollte, lag auf dem einzigen Sessel, zusammen mit dem Bildschirm, dem Drucker, einem Haufen Schmierpapier und ungefähr hundert Kugelschreibern, Bleistiften, Filzstiften, Radiergummis und Linealen. Der Kühlschrank stand dort, wo er hingehörte, wurde aber durch drei Kartons voller Detektivausrüstung und zwei zerschlissene schwarze Bürodrehstühle blockiert. Das Einzige, was sich an seinem angestammten Platz befand und auch erreichbar war, war der Anrufbeantworter, und er war nicht nur ordnungsgemäß installiert und mit Kabeln versehen, sondern zeigte auch durch regelmäßiges Blinken einer roten Lampe an, dass jemand angerufen hatte.

Justus pflügte sich einen Weg durch die Zentrale, schaltete den Verstärker ein und drückte die Wiedergabetaste.

»Hallo?«, sagte eine gehetzt klingende Männerstimme. »Warum erreicht man hier niemanden? Was ist da los? Ich heiße – äh – sagen wir – Professor Leon Battista Alberti. Es geht um folgenden Fall, ich buchstabiere: V-S-L-R-Q-D-J-H. Fragt Cäsar. Ich erwarte euch um drei Uhr nicht bei mir zu Hause, sondern im Park. Es ist leicht. Auf Wiederhören.«

Justus hielt das Band an und spulte es zurück.

»Was war das denn?«, fragte Bob irritiert. »Ich habe kein Wort verstanden.«

»Es klang wie eine codierte Nachricht«, erwiderte Justus und spielte den Anruf noch einmal ab. »Das ist ja sehr interessant.«

»O nein«, stöhnte Peter. »Dieses Funkeln in deinen Augen kenne ich, Just. Bitte sag ein einziges Mal das, was ich hören will. ›Das ist alles Quatsch, der Typ spinnt und wir sollten lieber zum Surfen fahren!‹«

Justus grinste. »Ganz im Gegenteil, Peter! Jeder, der sich schon einmal mit Kryptologie beschäftigt hat, weiß sofort, um was es geht. Es ist tatsächlich ganz einfach – zumindest der Anfang.« Er warf einen Blick auf seine Armbanduhr. »Beim zweiten Teil bin ich mir noch nicht so sicher, aber wir sollten uns beeilen.«

»Kryptologie?«, wiederholte Bob. »Du meinst Verschlüsselung?«

»Genau. Die Buchstabenfolge ist natürlich verschlüsselt und den Schlüssel hat uns unser unbekannter Anrufer gleich mitgeliefert. Cäsar!«

»Cäsar?«, sagte Peter. »Schön, wenn wir jetzt mit Geschichtsunterricht anfangen, will ich erst mal meine Limo. Bob, hilf mir mal!« Er schob die beiden Drehstühle weg und begann die Kartons vor dem Kühlschrank zur Seite zu wuchten. Bob packte mit an, während Justus einen Chemiekanister vom Tisch auf den Boden stellte und sich auf die frei gewordene Ecke setzte. »Das hat nichts mit Julius Cäsar zu tun, Peter«, sagte er. »Leon Battista Alberti war ein italienischer Schriftsteller, Architekt und Mathematiker. Er lebte im fünfzehnten Jahrhundert in Florenz und verbesserte eine von Julius Cäsar erfundene Verschlüsselungsmethode. Bei dieser Methode wird jeder Buchstabe des Alphabets durch einen anderen Buchstaben ersetzt, der einige Plätze hinter ihm steht – bei Cäsar waren es vier, es können aber auch mehr oder weniger sein. Diese Methode galt jahrhundertelang als absolut sicher, wurde aber später durch viel kompliziertere Verschlüsselungen ersetzt. Heutzutage kann jedes Kind nach der Cäsar-Methode Geheimtexte verfassen und vor allem entschlüsseln.«

»Der Name unseres Anrufers ist also natürlich nicht Leon Battista Alberti«, meinte Bob.

»Es ist zumindest höchst unwahrscheinlich.«

»Na schön.« Peter öffnete die Kühlschranktür und holte drei Flaschen Limonade heraus, die er verteilte. »Also benutzt er den Namen nur als Decknamen und als Hinweis auf die Verschlüsselung. Und nach dieser Methode wäre der erste Buchstabe kein V, sondern ein S?«

»Und der zweite kein S, sondern ein P«, überlegte Bob. »Und der Rest –«

»Ich habe es schon entschlüsselt«, sagte Justus.

»Du hast ja auch nichts anderes getan, seit du kein Kinderstar mehr bist.« Das bezog sich auf Justus' ruhmreiche Vergangenheit als jüngstes Mitglied einer lustigen Kinderserie,

die er mittlerweile aus ganzem Herzen verabscheute. »Jetzt lass uns mal ran!«
Sie hockten sich auf die Drehstühle, drehten sich, tranken Limo und rechneten mit Buchstaben herum, bis sie nach kurzer Zeit das Ergebnis hatten.
»S-P-I-O-N-A-G-E«, sagte Peter. »Justus, das ist doch wohl nicht dein Ernst? Der Typ spinnt! Wir sind doch nicht mehr im Kalten Krieg!«
»Es gibt doch jede Menge Spionage, die nichts mit Krieg zu tun hat«, sagte Justus. »Aber mich beschäftigt etwas anderes. Wo sollen wir diesen Mann, der sich Professor Alberti nennt, besuchen?«
Sie hörten das Band noch einmal ab.
»Nicht zu Hause, sondern im Park?«, sagte Peter. »Der gute Mann hat vergessen, seine Adresse anzugeben! Und nicht einmal eine Telefonnummer für Rückfragen – wenn ihr mich fragt, können wir zum Surfen gehen. Oder ich könnte den Rasen zu Hause mähen und ihr könnt mir helfen. Oder –«
»Warte, Peter!«, sagte Justus. »Ich glaube nicht, dass unser Anrufer – nennen wir ihn also vorerst Professor Alberti – sich die Mühe macht, uns eine verschlüsselte Nachricht zukommen zu lassen, und dann seine Anschrift vergisst. Ich bin der Ansicht, dass auch der zweite Teil verschlüsselt ist, nicht nur das Wort ›Spionage‹.«
»Und angeblich ist auch dieses Rätsel leicht zu lösen«, sagte Bob. »Sonst hätte er dieses ›Es ist leicht‹ schon nach V-S-L und so weiter gesagt. Aber mir kommt es so vor, als ob er auch den zweiten Teil meint.«

»Also glaubt er, wir könnten ganz leicht herausfinden, wo wir hinfahren müssen.« Peter lehnte sich zurück, legte die Füße auf den Kühlschrank und trank noch einen Schluck Limonade. »Tja, und wo soll das nun sein? Ich finde es heute viel zu heiß zum Denken und ich habe schon den ganzen Tag hart gearbeitet.«

»Professor Alberti erwartet uns um drei Uhr nicht zu Hause, sondern im Park«, sagte Bob. »Aber wo zu Hause oder auch nicht zu Hause? Wo wohnt er denn? Und wie sollen wir das herausfinden, wenn wir nicht einmal seinen richtigen Namen wissen?«

»Leon Battista Alberti wohnte in Florenz«, sagte Justus.

»Aber er erwartet doch jetzt bitte nicht von uns, dass wir innerhalb von –«, Bob warf einen Blick auf seine Uhr, »– anderthalb Stunden nach Italien fliegen? Ich glaube, Peter hat doch Recht. Der Typ spinnt.«

»Oder vielleicht auch nicht.« Peter setzte sich auf, nahm die Füße vom Kühlschrank und war plötzlich wieder wach. »Wenn er wirklich Florenz meint, dann vielleicht den Stadtteil Florence im Süden von Los Angeles.«

Justus starrte ihn an. »Natürlich, du hast Recht! Das ist die Lösung! Florence!« Er sprang auf und grub in einem der Kartons nach dem großen Stadtplan von Los Angeles, der normalerweise an der Decke der Zentrale hing. Er faltete den Plan auseinander. »Hier ist es – und sogar gut erreichbar, wenn wir uns beeilen!«

»Ja, aber wo sollen wir dann hin?«, fragte Bob.

»In den Park natürlich!«

»Und welchen Park?«

»Ich würde es mit dem Salt Lake Park versuchen«, meinte Peter.
Justus und Bob blickten von der Karte auf. »Du wirst mir unheimlich«, sagte Justus. »Hier ist tatsächlich ein Park eingezeichnet, der so heißt! Woher wusstest du das?«
Peter grinste. »An der Florence Avenue, richtig? Da gibt es einen Sportplatz und dort haben die Beach Rockers mal gegen die Florence Marbles gespielt. Also, fahren wir?«
»Dann solltest du dich aber vorher noch umziehen und duschen, Justus«, meine Bob und betrachtete mit Abscheu die muffig riechende Kostümierung des Ersten Detektivs. »Diese Duftnote möchte ich ungern in meinem Auto haben.«
»Dafür bleibt leider keine Zeit«, sagte Justus und griff nach seiner Detektivtasche, in der sich der Fotoapparat und ein paar weitere nützliche Gegenstände befanden. »Wir müssen uns beeilen, wenn wir rechtzeitig da sein wollen. Kommt, Kollegen!« Bob stöhnte.
Sie verließen die Zentrale und kletterten in Bobs gelben Käfer. Peter stieg hinten ein, Bob und Justus vorne, und Bob kurbelte sofort das Seitenfenster bis zum Anschlag nach unten. »Los, Justus, du auch – das ist ja nicht zum Aushalten!«
»Das gehört nun einmal zur Kunst der Verkleidung«, sagte Justus und kurbelte sein Fenster ebenfalls herunter. »Nicht nur das Kostüm, auch andere Dinge müssen überzeugen. Wie zum Beispiel Gang, Mimik, typische Bewegungen und eben auch der Geruch. Aber du hast Recht, ich finde es auch eher unerquicklich.«

»Unerquicklich ist gar kein Ausdruck.« Bob fuhr los. »Dein Onkel hat dieses stinkende Zeug wirklich gekauft?«
»Genau genommen hat er nur den Koffer gekauft. In Glendale gab es eine größere Haushaltsauflösung. Er hatte mir lediglich aufgetragen ihn zu leeren, zu reinigen und gegebenenfalls zu reparieren.«
»So ein Mief geht doch auch aus dem Koffer nie wieder raus!«
»Das ist nicht mein Problem«, gab Justus grinsend zurück. Sie fuhren die Küstenstraße entlang nach Los Angeles. Peter warf sehnsüchtige Blicke aufs Meer und murmelte ab und zu etwas wie »tolle Wellen« und »ideales Surfwetter«, aber Bob fuhr unbarmherzig in die Stadt hinein. Nach einigem Suchen fanden sie die Florence Avenue und den Salt Lake Park. Auf dem Parkplatz stiegen sie aus und schauten sich um. Vor ihnen wuchs eine Reihe dunkelgrüner Büsche und dahinter lag ein großer, völlig leerer Sportplatz.
»Es ist genau drei Uhr«, sagte Peter. »Wo ist denn nun unser Professor?«
In diesem Moment klingelte das Handy in Justus' Brusttasche. Er fischte es heraus. »Justus Jonas? Ah, Herr Professor! Darf ich fragen, woher Sie diese Telefonnummer – aha. Wo wir sind? Auf dem Parkplatz am Salt Lake Park. Vielen Dank, Sir. Ganz und gar nicht, so etwas ist reine Routinearbeit für uns. Wie bitte?« Er drehte sich einmal im Kreis und schaute sich um. »Den roten Sendemast? Ja, natürlich, wir kommen dorthin. Auf Wiederhören.« Er schaltete das Handy aus und steckte es wieder in die Tasche.
»Und?«, fragte Bob.

»Professor Alberti fühlt sich verfolgt«, sagte Justus. »Er will nicht hier mit uns reden, sondern erst, wenn wir den roten Sendemast dort hinten erreicht haben.« Er zeigte auf einen Mast, der auf der anderen Seite des Sportplatzes stand. »Also los.«

Sie marschierten über den Platz. Die Sonne brannte heiß auf ihre Köpfe herunter, weit und breit war kein Mensch in Sicht. Und je näher sie dem Sendemast kamen, desto deutlicher sahen sie, dass auch dort niemand auf sie wartete.

»Wahrscheinlich ruft er uns dort wieder an«, sagte Justus.

Sie blieben neben dem Mast stehen und warteten. Justus zog das Handy heraus.

Eine Minute.

Zwei Minuten.

»Was glaubt der eigentlich, wie lange wir für den Weg über den Sportplatz brauchen?«, murrte Peter. »Ruf ihn an, Just.«

»Das geht leider nicht. Die Nummer war unterdrückt.«

Sie warteten weiter, aber das Handy blieb stumm.

»Vielleicht hat er etwas hier versteckt, das wir erst finden müssen«, meinte Bob.

»Gute Idee, Bob!«, sagte Justus. »Sehen wir uns mal um!«

Sie suchten den Boden ab und nahmen auch den Mast genau unter die Lupe, fanden aber nichts, was auf eine Nachricht oder einen Hinweis schließen ließ.

Mittlerweile war eine Viertelstunde vergangen und der unbekannte Anrufer hatte sich nicht wieder gemeldet.

»Das gefällt mir nicht«, sagte Justus stirnrunzelnd. »Wir müssen etwas übersehen haben! Aber ich sehe auch keinen anderen Sendemast. Dieser hier muss es sein!«

Sie suchten weiter, fanden nichts, und auch die nächste Viertelstunde verging, ohne dass etwas passierte.
»Das war ja wohl der totale Reinfall«, sagte Peter wütend. »Der hat uns doch für blöd verkauft! Wegen so einem Witzbold haben wir uns den ganzen Nachmittag sinnlos um die Ohren gehauen! Los, kommt, mir reicht's!« Er stapfte los, zurück zum Auto.
»Warte doch, Peter!«, rief Justus ihm nach. »Ich glaube einfach nicht, dass jemand sich solche Mühe gibt, nur um uns –«
Peter marschierte einfach weiter.
Es blieb Justus und Bob nichts anderes übrig, als ihm zu folgen. Unzufrieden kehrten sie zum Auto zurück und kletterten hinein. Bob setzte den Wagen zurück – und plötzlich rief Justus scharf: »Halt!«
Bob trat so hastig auf die Bremse, dass sie alle drei nach vorne geworfen wurden. »Was ist denn jetzt los?«
Statt zu antworten, stieß Justus die Tür auf und stieg aus. Er lehnte sich über den Kofferraum des Käfers, griff nach einem der Scheibenwischer und streifte etwas ab – eine dünne Schnur, die zu einer Schlinge gebunden war und über den Kofferraum nach unten hing. Er bückte sich, spähte unter das Auto, richtete sich wieder auf und zog ein in graues Papier eingewickeltes Päckchen von der Größe eines Schuhkartons hervor.
Damit stieg er wieder ein. »Die Sache ist klar, Kollegen. Wir sind auf einen uralten Trick hereingefallen. Unser mysteriöser Anrufer wollte uns lediglich vom Wagen weglocken, um dieses Päckchen daran zu befestigen. Von unse-

rem Standort bei dem Sendemast konnten wir ihn durch die Büsche nicht sehen. Er muss sich irgendwo dort drüben im Gestrüpp versteckt haben.«

»Komisches Verhalten für einen Professor«, meinte Bob.

»Er ist doch gar kein Professor, er nennt sich nur so!«, sagte Peter ungeduldig. »Mach das Päckchen schon auf, Just!«

»Jaja, schon gut. Fahr noch nicht los – vielleicht gibt es uns einen Hinweis auf unseren merkwürdigen Anrufer.« Justus löste die Knoten, wickelte das Papier ab und klappte den Karton auf. Darin lagen zwei Dinge: ein Hundertdollarschein und ein einzelnes, säuberlich gefaltetes Blatt Papier.

»Wow!«, sagte Peter und beugte sich zwischen den Sitzen nach vorne. »Da möchte uns jemand unbedingt zur Zusammenarbeit überreden, was?«

»Schon möglich. Aber ich frage mich …« Justus nahm den Schein in die Hand. »Aha, das habe ich mir doch gedacht. Der Schein ist nicht echt, es ist nur eine Farbkopie. Und nicht einmal eine besonders gute – auf beiden Seiten ist Benjamin Franklin zu sehen. Auf einem echten Geldschein wäre aber die Independence Hall auf der Rückseite abgebildet.«

»Wozu soll das denn gut sein?«, fragte Bob.

»Mal sehen …« Justus faltete das Blatt auseinander und las vor: »Wenn Ihr diesen Brief lest, habt Ihr Euch zwar vom Auto weglocken lassen, diesen Fehler aber durch Eure anschließende Aufmerksamkeit korrigiert. Ob Ihr auch den Code gelöst habt, weiß ich jetzt noch nicht, aber ich komme zu dem Schluss, dass ich Euren Fähigkeiten vertrauen kann.

Ich brauche Eure Hilfe. Seit Jahren werde ich verfolgt und beobachtet und nun ist meinen Feinden ein Erfolg geglückt. Sie haben mir meine wertvollste Erfindung gestohlen – das ›Oculus Audiens‹! Die Polizei glaubt mir nicht und wird nichts unternehmen. Daher bitte ich Euch, mir bei der Wiederbeschaffung behilflich zu sein.
Wenn Ihr mir helfen wollt, besucht mich am kommenden Freitagabend in meinem Haus USVH LEOO FUHVZS(W). Wo das ist, verrät Euch Cäsar. Lasst Euch von Mr Franklin helfen, aber nur im Rahmen des Normalen! Ich erwarte Euch! Ihr könnt hier im Haus übernachten.
Der Polymath.«
»Ich fühle mich wieder mal so richtig gebildet«, sagte Peter. »Was ist das, was ihm da gestohlen wurde? Ein Okular?«
»Ein Oculus Audiens.« Justus runzelte die Stirn. »Wenn ich mich nicht sehr täusche, ist das Latein und bedeutet ›Hörendes Auge‹.«
»Und was soll das sein?«, fragte Bob.
»Ich habe keine Ahnung.«
Sie stiegen wieder aus und untersuchten die nähere Umgebung, aber von ihrem seltsamen Auftraggeber war keine Spur zu entdecken. Justus zupfte an seiner Unterlippe und zuckte endlich die Achseln. »Lasst uns nach Hause fahren.«
»Die Botschaft selbst ist doch bestimmt nicht so schwer, oder?«, sagte Peter, als sie wieder in der Zentrale angekommen waren und Justus sich mit Bleistift und Papier bewaffnet an die Entschlüsselung der Wörter begab. »Wenn es wieder Cäsar ist, müsstest du die Lösung doch blitzschnell herausfinden können.«

»Das habe ich zuerst auch gedacht«, sagte Justus. »Aber nimm mal das erste Wort: USVH. Cäsar macht daraus RPSE. Und aus LEOO wird IBLL. Das sieht mir nicht nach einem Namen für ein Haus aus.«

»Stimmt«, gab Peter zu und setzte sich auf den Kühlschrank. »Und was ist nun mit dem falschen Geldschein? Darauf ist Benjamin Franklin ja abgebildet. Aber wie soll der uns beim Entschlüsseln helfen?«

»Vielleicht steht irgendetwas drauf«, meinte Bob, griff sich das bunte Stück Papier und untersuchte es genau. Aber er fand nichts. Es war eine ganz normale doppelseitige Kopie der Vorderseite eines ganz normalen Geldscheins.

Stirnrunzelnd betrachtete Justus seine Entschlüsselungsnotizen. Er hatte das Alphabet und die Cäsar-Verschlüsselung nebeneinandergeschrieben und unterschiedliche Versionen ausprobiert – eine Verschiebung um drei, dann um fünf Buchstaben. Nichts davon ergab einen Sinn. »Offenbar habe ich einen Hinweis übersehen. Gehen wir den Brief noch einmal durch, Kollegen.«

»Einige Fakten sind ja klar.« Bob überflog die Zeilen. »Der Kerl ist ein Erfinder und wird verfolgt. Oder leidet an Verfolgungswahn. Und wir sollen ihm helfen, eine Erfindung namens ›Hörendes Auge‹ wiederzubekommen, die ihm gestohlen wurde. Aber dann kommt dieser verschlüsselte Ortsname, und das mit Mr Franklin verstehe ich überhaupt nicht. Und was ist bitte ein Polymath?«

»Das könnte man mit ›Universalgelehrter‹ übersetzen«, sagte Justus. »Jemand, der sich auf vielen wissenschaftlichen Gebieten auskennt. Leonardo da Vinci zum Beispiel war

Maler, Bildhauer, Architekt, Astronom, Geologe, Philosoph und noch einiges mehr. Und unser Leon Battista Alberti war ja auch einer – Schriftsteller, Sprachwissenschaftler, Architekt, Philosoph und Kryptograf. Also hält sich unser unbekannter Auftraggeber entweder immer noch für Professor Alberti oder er glaubt, er sei selbst ein Universalgelehrter.«

»Könnte ja auch hinkommen, oder?«, meinte Peter. »Immerhin betreibt er Kryptografie und erfindet irgendwelche wertvollen – äh – Erfindungen.«

»Stimmt«, sagte Justus. »Die Frage ist nun: Nehmen wir den Auftrag an, Kollegen?«

»Ist das wirklich eine Frage?« Bob schob ihn beiseite und schaltete den Computer an. »Wir übernehmen jeden Fall. Oder etwa nicht? Und das hier klingt auf jeden Fall interessanter, als die Aktenordner zu sortieren.«

»Sehr gut«, sagte Justus zufrieden. »Dann müssen wir jetzt nur noch zu Hause Bescheid sagen, dass wir von Freitag auf Samstag nicht da sind.«

»Und möchtet ihr vielleicht auch meine Meinung hören?«, fragte Peter bissig. »Oder bin ich mal wieder bloß Dekoration?«

»Ganz im Gegenteil, Peter! Was ist denn deine Meinung?«

Peter grinste. »Ich bin dabei. Gib mir mal das Telefon.«

In der folgenden halben Stunde telefonierte Peter mit seinen Eltern und seiner Freundin Kelly, während Justus sich den Kopf über dem verschlüsselten Text zerbrach und Bob im Internet surfte. »Kollegen, ich hab hier was!«, rief er plötzlich. »Justus, das könnte dir helfen. Ich habe mich mal über Universalgelehrte schlaugemacht. Unser Benjamin Franklin war auch einer. Er war nämlich nicht nur Politiker und einer der Unterzeichner unserer Unabhängigkeitserklärung, sondern auch Schriftsteller, Naturwissenschaftler und Erfinder. Er hat ein alternatives Alphabet für die englische Sprache erfunden. Dabei hat er einige Buchstaben weggelassen, zum Beispiel C, J und W, und ein paar neue Schriftzeichen entworfen. Versuch doch mal, ob das passt.«

»Danke, Bob!«, rief Justus. »Genau das ist es! Das hat er gemeint! Wenn wir uns ›im Rahmen des Normalen‹ von Mr Franklin helfen lassen, bedeutet das, dass wir nur die bekannten Buchstaben nehmen, aber nicht seine erfundenen Zeichen! Schreib mir mal die Buchstaben auf!« Bob tat es und Justus tüftelte mit Feuereifer weiter. Nach zwei Minuten hatte er es. »So, Kollegen. Wir fahren nach Rose Hall, Brestow.«

»Das W ist aber gemein«, sagte Peter. »Das hat er einfach gar nicht verschlüsselt und nur in Klammern gesetzt. Wozu?«

»Um uns zu helfen, nehme ich an«, sagte Bob. »In Franklins Alphabet gibt es kein W, aber ohne das W würden wir den Ort nie finden. Und wo liegt nun Brestow?«

Ein kurzer Blick auf die Karte und eine etwas längere Suche im Internet verrieten ihnen, dass es nordöstlich von Los Angeles am Rand der Wüste lag, etwa drei Autostunden entfernt.

»Wüste!«, sagte Peter. »Na schön – heute ist Mittwoch. Wenn ich morgen nach der Schule sofort zum Surfen gehe und erst gegen elf Uhr nachts nach Hause komme, halte ich es vielleicht anschließend auch in der Wüste aus. Und da ich meiner Mutter eben versprochen habe, auf jeden Fall vor dem Wochenende noch den Rasen zu mähen, mache ich das am besten noch heute Abend.« Er stieß sich ab und sprang vom Kühlschrank, dass die ganze Zentrale schwankte. »Bis morgen in der Schule!«

»Ich komme mit«, sagte Bob und schaltete den Computer aus. »Bis morgen, Justus! Und bitte, meinem Auto und unseren Nasen zuliebe – geh duschen!«

Der Polymath

Es war heiß.

Unerträglich heiß.

Da Bob sämtliche Vorschläge, den Käfer mit Hilfe einer Metallsäge in ein Cabrio zu verwandeln, kategorisch abgelehnt hatte, waren die Detektive völlig durchgeschwitzt, als sie am späten Freitagnachmittag nach einer Fahrt durch die Berge in Brestow ankamen. Die niedrigen Flachdachhäuser warfen so gut wie keinen brauchbaren Schatten auf die breite, staubige Straße, Bäume schien es überhaupt nicht zu geben, und als sie an einer Tankstelle nach Rose Hall fragten, wies der Tankwart auf eine Straße, die geradewegs in die Wüste hinausführte.

»Nehmt Wasser mit«, war sein entmutigender Kommentar. »*Viel* Wasser.«

»Wie weit ist es denn noch bis Rose Hall?«, fragte Justus.

»Fünf Meilen«, sagte der Tankwart. »Aber wenn euer Wagen da mittendrin schlappmacht, braucht ihr das Wasser. Was wollt ihr denn in Rose Hall?«

»Kennen Sie den Besitzer?«, fragte Justus zurück.

Der Mann schob seinen Cowboyhut zurück und wischte sich den Schweiß von der Stirn. »Ob ich Granville kenne? Nee, ich würde nicht sagen, dass ich ihn kenne. Der ist verrückt, wenn ihr mich fragt. Mischt hier regelmäßig die Stadtratstreffen mit seinen Ideen auf. Im letzten Jahr hatte

er die schwachsinnige Idee, eine Glaskuppel über Brestow zu bauen, um ›das Pflanzenwachstum zu verbessern‹. Der Kerl wollte aus unserer Stadt ein verflixtes Gewächshaus machen! Stritt sich wochenlang mit jedem einzelnen Ratsmitglied deswegen! An eurer Stelle würde ich da nicht hinfahren. Was wollt ihr denn von ihm?«
»Wir – ähm – sind Freunde seiner Nichte und sollen ihm schöne Grüße bestellen, da wir gerade in der Gegend sind«, flunkerte Justus.
»Ah so. Na, dann grüßt mal schön. Das macht dann zwanzig Dollar fürs Benzin.«
Bob bezahlte, Justus kaufte noch einen großen Kanister mit Wasser und sie fuhren in die Wüste hinaus.
»Er heißt also Granville und ist in der Gegend als sonderbar bekannt«, sagte Justus.
»›Sonderbar‹ ist gut«, meinte Peter. »Wenn er so sonderbar ist, dass er sich wegen irgendwelcher idiotischer Ideen mit allen Leuten streitet, will ich ihn gar nicht kennenlernen.«
»Ach, Erfinder und Wissenschaftler werden von ihren Nachbarn immer als etwas verschroben betrachtet«, sagte Justus und trank einen großen Schluck Wasser. »So schlimm ist er wahrscheinlich gar nicht.«
Nach kurzer Zeit kamen sie an einen einsamen Wegweiser, von dem ein sandiger einspuriger Fahrweg abzweigte, und folgten ihm nach Norden. Meilenweit erstreckte sich die kalifornische Wüste nach beiden Seiten: staubiger weißer Sand, zähes dunkles Gras und stachelige Kakteen unter dem endlosen blauen kalifornischen Himmel. Nur am Horizont waren die bläulichen Umrisse der Berge zu erkennen. Zum

Glück mussten sich die Detektive keine Sorgen um ihren Wasservorrat machen, denn der Weg führte schnurgerade auf ein hohes, dunkles Haus mit drei kleineren Nebengebäuden zu, die mit ihren Wellblechdächern recht trostlos aussahen.
Die drei ??? parkten den Käfer vor dem Haus, stiegen aus, marschierten zur Tür und klingelten.
Der Mann, der ihnen öffnete, war sehr groß, sehr dünn und steckte trotz der sengenden Hitze in einem grauen Anzug. Das weiße Hemd war bis zum Kragen hoch zugeknöpft. Er hatte staubige graue Haare, ein hageres, faltiges Gesicht und sah aus wie ein trauriger alter Hund. Wortlos schaute er von einem Detektiv zum nächsten und sagte endlich: »Ja?«
»Mr Granvillle?«, fragte Justus.
»Ja.«
»Wir sind die drei Detektive, Mr Granville.«
Der traurige Hundeblick änderte sich nicht, verriet weder Erkennen noch Interesse. »So?«
Irritiert runzelte Justus die Stirn. »Haben Sie uns nicht erwartet?«
»Nein«, sagte Mr Granville gedehnt. »Nein, das könnte ich nicht sagen. Um was handelt es sich bitte?«
»Ist das hier nicht Rose Hall?«
»Doch«, sagte der staubige Mann.
»Dann muss es stimmen«, sagte Justus fest. »Wir möchten zu einem Mann, der hier lebt und Erfinder ist. Wenn Sie es nicht sind, würden Sie uns freundlicherweise sagen, wo wir ihn –«
Aus dem Inneren des Hauses unterbrach ihn ein lauter Ruf.

»Matthew! Stell dich nicht seniler an, als du bist! Die Herren Detektive wollen zu mir!«
Mr Granvilles Augen verengten sich, aber seine Stimme blieb unverändert. »Mein Bruder Winston Granville. Tretet ein.«
Er ließ sie ein und Winston Granville kam ihnen schon entgegen. Er sah genauso grau und faltig aus wie sein Bruder, trug aber alte Jeans und ein offenes Hemd, seine Bewegungen waren lebhaft und energisch und seine Stimme so laut, dass sie in der Eingangshalle Echos warf. »Ihr habt mich also gefunden! Ausgezeichnet, ausgezeichnet! Matthew, die Jungen hätten bestimmt gerne etwas zu trinken. Saft? Bier? Limonade? Ach, du findest bestimmt etwas Passendes! Kommt mit, Jungs, kommt mit!«
Die drei ??? warfen einen heimlichen Blick auf Matthew Granville, um zu sehen, wie er es aufnahm, derart herumkommandiert zu werden, aber er wandte sich schon ab und ging wortlos davon. Also folgten sie Winston. Der Erfinder führte sie in einen großen Raum, der früher einmal ein Wohnzimmer gewesen sein mochte, aber längst zum Labor umfunktioniert worden war. Auf zwei Sofas türmten sich Bücher und Papiere, drei schöne alte Holztische waren mit Säure, Feuer und scharfkantigen Gegenständen ruiniert worden und überall standen Gerätschaften aus Plastik und Metall, deren Sinn den drei Detektiven völlig schleierhaft blieb.
Mr Granville ließ ihnen keine Zeit, sich ausführlich umzusehen. »Ihr habt meine kleinen Rätsel also gelöst. Sehr schön, sehr schön! Ich muss zugeben, ich hatte so meine

Zweifel – aber nun seid ihr ja hier. Jungs, ich brauche eure Hilfe. Ich bin beraubt worden! Ich habe immer damit gerechnet, es gibt so viele Neider und Feinde! Aber ich hätte nie gedacht, dass er wirklich – dass es wirklich passiert. Wann könnt ihr anfangen? Wie sehen eure Honorarforderungen aus? Allerdings habe ich gehört, dass ihr für arme Wissenschaftler auch schon einmal umsonst arbeitet, hahaha! Spaß beiseite, die Sache ist ernst. Wir werden natürlich ein Schlafzimmer für euch vorbereiten. Matthew soll euch das Zimmer zeigen. Matthew! Die Jungen haben doch Durst! Habt ihr viel Gepäck? Macht nichts, macht nichts, das Haus ist ja groß genug! Als wir es vor zwei Jahren gekauft haben –«

»Sir«, unterbrach Justus, »bevor wir uns entscheiden, ob wir den Auftrag annehmen und hier übernachten, hätten wir ein paar Fragen.«

»Natürlich, mein Junge, frag nur, frag nur! Und setzt euch doch!«

Da es keinerlei Platz zum Setzen gab, blieben sie stehen. Mr Granville setzte sich ebenfalls nicht hin, sondern wanderte durch den Raum, verschob ein Mikroskop, nahm ein Buch vom Sofa auf und blätterte darin, ohne etwas zu lesen, warf es wieder auf den Stapel und kümmerte sich nicht darum, dass alle Bücher ins Rutschen kamen und krachend zu Boden fielen. Matthew Granville kam mit einem Tablett und drei Saftgläsern ins Zimmer, bot erst Peter, dann Justus und dann Bob ein Glas an und ging wieder hinaus, ohne auch nur ihren Dank abzuwarten.

»Mr Granville«, begann Justus, »wir müssten zunächst wissen, was Ihnen gestohlen worden ist, damit wir danach suchen können. Was ist das ›Hörende Auge‹?«

»Ah, das habt ihr also schon übersetzt!«, sagte Mr Granville. »Das ›Oculus Audiens‹ ist eine bahnbrechende, revolutionäre Erfindung! Damit kann man Dinge von nationaler Bedeutung herausfinden – wichtige, unbezahlbare Dinge! Wissen, mein Junge, das ist das Geschäft der Zukunft!«

»Und was genau ist es nun?«, fragte Justus hartnäckig.

»Es hört. Und es sieht. Wie der Name schon sagt, hahaha! Mehr müsst ihr darüber gar nicht wissen. Ihr sollt nur dafür sorgen, dass ich es zurückbekomme! Es ist ungeheuer wichtig! Unzählige Menschenleben hängen davon ab!«

»Augenblick«, sagte Bob. »Wieso hängen Menschenleben davon ab, ob wir Ihnen dieses Auge zurückbringen oder nicht? Ist das nicht etwas übertrieben?«

»Ich übertreibe nie!«, sagte Mr Granville empört. »Tatsächlich, mein Junge, bin ich die Sachlichkeit in Person. Genialität und Sachlichkeit schließen sich nicht gegenseitig aus, falls du so etwas andeuten wolltest!«

»Nein, natürlich nicht«, sagte Bob hastig.

»Das wäre auch äußerst unhöflich, junger Mann«, sagte Mr Granville mit funkelnden Augen. »Nehmt ihr den Auftrag an, ja oder nein?«

»Ja«, sagte Justus nach einem Blick auf Bob und Peter. »Wir werden versuchen Ihnen das ›Oculus Audiens‹ zurückzubringen.«

»Sehr gut, sehr gut! Dann schlage ich vor, ihr geht –«

»Augenblick bitte, Mr Granville. Sie haben uns noch immer nicht gesagt, was es ist. Ist es eine Maschine?«

»Ja, nenn es von mir aus eine Maschine!«, rief Mr Granville ungeduldig. »Natürlich ist es viel mehr als das, aber das versteht ihr sowieso nicht.«
»Wie sieht sie denn aus?«
»Nun – wie ein kleines graues Gerät«, sagte Mr Granville. »Drei Knöpfe, zwei Schalter und eine Antenne. Ihr werdet es erkennen, wenn ihr es seht.«
»Wen verdächtigen Sie denn, es gestohlen zu haben?«, fragte Peter.
»Wen ich verdächtige? Himmel, woher soll ich das wissen? Ich habe so viele Feinde – allesamt Neider und Spione!«
Justus wappnete sich mit Geduld. »Mr Granville, wir können Ihnen nur helfen, wenn Sie uns ein paar Anhaltspunkte geben. Wann und wo wurde das Oculus Audiens gestohlen?«
»Wann? Letzten Dienstag. Wo? Hier aus diesem Zimmer. Ich war zu dem Zeitpunkt in der Stadt, auf einer Sitzung des Stadtrates. Das sind alles fantasielose Hohlköpfe. Keiner von denen ist ein Visionär! Aber Amerika braucht Visionäre – Männer wie Benjamin Franklin! Wie Thomas Alva Edison! Wie mich! Aber nein, es wird von Spießern und Bürokraten regiert!«
»Äh – ja«, sagte Justus. »Wo hielt sich denn Ihr Bruder zum Zeitpunkt der Tat auf? War er hier im Haus?«
»Natürlich war er hier!«, sagte Mr Granville. »Mein Bruder ist *immer* hier. Er geht nicht gern aus. Er hält nichts von Feiern. Er hält nicht einmal etwas davon, ein Feuerwerk zum Unabhängigkeitstag zu zünden. Aber dafür kocht er einen ausgezeichneten Kaffee, wenn es mir schlecht geht. Ich

wüsste nicht, was ich ohne ihn tun sollte. Wir hängen sehr aneinander, wisst ihr.« Seine Augen wurden plötzlich ganz schmal. »Oder willst du etwa sagen, dass du meinen Bruder verdächtigst, etwas mit der Sache zu tun zu haben?«

»Ich kann noch gar nichts sagen, Sir«, erwiderte Justus höflich. »Wir müssen zuerst alle Eventualitäten ausschließen. Wo stand das Gerät denn?«

»Da drüben, auf dem Tisch neben dem Fenster.«

»Es ist offen, wie ich sehe.«

»Natürlich ist es das! Ich brauche Luft beim Arbeiten! Oder erwartest du, dass ich mir hier bei fest geschlossenen Fenstern Kopfschmerzen und Vergiftungen hole?«

»Nein, Sir. Ist das Fenster immer offen? Auch wenn Sie wegfahren? Auch nachts?«

»Ja, natürlich. Wie du vielleicht gesehen hast, wohnen wir hier nicht gerade mitten in einem Ballungsgebiet. Gelegenheitseinbrecher sind hier eher selten!«

»Wer sind denn Ihre – hm – nächsten Nachbarn?«

»Kojoten, Klapperschlangen, Leguane und Brestow.«

»Und gibt es regelmäßige Besucher? Den Postboten oder eine Putzfrau oder –«

»Das ist mir alles viel zu lästig«, sagte Mr Granville ungeduldig. »Über solche Dinge kann euch mein Bruder Auskunft geben. Ich befasse mich nicht damit. Und jetzt schlage ich vor, dass ihr erst einmal euer Zimmer bezieht. Danach könnt ihr in der Küche essen oder dergleichen. Ich habe viel zu tun. Ich muss arbeiten!«

Damit schob er Justus zur Tür hinaus und Peter und Bob folgten eilig. Hinter ihnen knallte die Tür zu.

Matthew Granville schien schon auf sie gewartet zu haben, denn er stand tatenlos in der Halle herum. Noch während sie einander verdutzt anschauten, sagte er: »Hier entlang«, und stieg die dunkle Holztreppe hinauf in den zweiten Stock. Also folgten sie ihm. Oben führte er sie zu einem großen Raum, in dem sich außer einem abgenutzten grauen Teppichboden, drei sauber bezogenen Matratzen, Kopfkissen und Decken überhaupt nichts befand.

»Ihr müsst entschuldigen«, sagte er steif, »ich war auf euren Besuch nicht vorbereitet. Die Gästebetten stehen zusammengeklappt und verstaubt auf dem Dachboden.«

»Ihr Bruder hat Ihnen überhaupt nichts von uns gesagt?«, fragte Bob ungläubig.

»So etwas kommt vor«, antwortete Matthew. »Ihr könnt eure Sachen hier heraufbringen. In einer halben Stunde könnt ihr zum Essen in die Küche kommen. Die Treppe hinunter und durch die Tür mit dem Glasfenster.«

»Hm«, sagte Justus, »ja – danke, Mr Granville.«

»Nichts zu danken«, sagte der staubige graue Mann gänzlich ausdruckslos, nicht einmal sein trauriger Hundeblick veränderte sich. »Wenn es nach mir ginge, würdet ihr draußen in der Wüste übernachten. Glaubt mir, das wäre besser für euch. Noch besser wäre es allerdings, wenn ihr gar nicht hergekommen wärt.«

Er drehte sich um und ging hinaus.

Entgeistert schauten die drei Detektive einander an.

Endlich sagte Peter: »Justus?«

»Ich weiß schon, was du sagen willst.« Justus seufzte. »Ich

bin bereit, meine erste Vermutung von ›sonderbar‹ zu ›sehr sonderbar‹ zu korrigieren.«
Bob schüttelte nur den Kopf.
»Wollt ihr meine Meinung hören?«, fragte Peter. »Wir sollten nach Hause fahren. Kann sein, dass Mr Winston Granville ein Universalgenie ist und sein Bruder bloß ein besserer Dienstbote. Aber universalverrückt sind sie auf jeden Fall beide!«
Da eine halbe Stunde mehr als genug war, um ein paar Taschen die Treppe hinaufzutragen und sich Hände und Gesicht zu waschen, schlug Peter anschließend vor, sich das Haus genauer anzusehen. Das klang nach einer guten Idee, immerhin gab es mehrere Stockwerke, einen Dachboden und vermutlich auch einen Keller. Aber offenbar waren die Brüder Granville nicht nur ›sonderbar‹, sondern auch beide völlig paranoid, denn bis auf eine Tür zu einem kleinen Badezimmer war jede einzelne Tür im gesamten Haus abgeschlossen. Und als sie nach draußen gingen, fanden sie auch die drei Wellblechbaracken hinter dem Haus verschlossen.
Justus nagte an seiner Unterlippe, gab sich dann einen Ruck und marschierte entschlossen auf das offen stehende Fenster des Labors zu. Da er auf dem steinharten Boden vor dem Fenster keine Fußspuren fand, stellte er sich dorthin und merkte, dass Mr Granville mit seiner wertvollen Erfindung recht fahrlässig umgegangen war – von seiner Position aus hätte Justus bequem den halben Tisch leer räumen können, ohne sich auch nur auf die Zehenspitzen zu stellen. »Hallo, Mr Granville!«, rief er in den Raum.
Der Erfinder, der an einem der anderen beiden zerkratzten

Tische saß und etwas auf ein Blatt Papier schrieb, fiel vor Schreck fast vom Stuhl. Wütend drehte er sich zu Justus um. »Was soll das? Was fällt dir ein, mich so zu erschrecken? Ich arbeite!«

»Wir auch«, antwortete Justus. »Sie haben uns schließlich als Detektive engagiert. Gibt es jemanden, der von Ihrer Erfindung wusste? Oder war sie geheim?«

»Solche Dinge sind immer geheim«, sagte Mr Granville, dessen Gesicht leicht rot anlief. »Aber jeder im Umkreis von zehn Meilen weiß, dass ich Erfinder bin.«

»Also könnte es sein, dass der Dieb es gar nicht unbedingt auf das ›Hörende Auge‹ abgesehen hatte, sondern nur einfach auf gut Glück irgendetwas mitgenommen hat?«

»Nein! Unsinn! Es geht nur um das ›Auge‹, um nichts anderes!«

»Was für ein Motiv könnte der Dieb denn haben? In Ihrem ersten Anruf erwähnten Sie Spionage und Sie sagten auch, dass Sie Feinde haben. Wer sind diese Feinde, Mr Granville?«

»Ich sagte doch – Neider und missgünstige Dummköpfe, die sich selbst für Wissenschaftler halten! Und das hier! Lachhaft!« Justus schaltete sofort. »Ach ja? Wohnt jemand, auf den diese Beschreibung zutrifft, hier in der Nähe?«

»Pah! Drüben in Brestow wohnt einer – aber der ist kein Wissenschaftler, der nicht! Ein Scharlatan ist er, weiter nichts!«

»Wie heißt er denn?«

»John Frazier.« Seine Augen verengten sich und er fragte fast lauernd: »Kennt ihr ihn vielleicht?«

»Nein, Mr Granville.«
»Ah.« Der Erfinder entspannte sich sichtlich. »Und was habt ihr nun vor? Wollt ihr nach Brestow fahren und ihn höflich fragen, ob er meine Erfindung gestohlen hat? Ha!«
»Bisher stellen wir lediglich Ermittlungen an«, sagte Justus. »Ist dieser Mr Frazier der einzige Mensch in der Gegend, den Sie als Feind betrachten?«
»Ich sage es noch einmal – ich habe keine Feinde. Nur Neider!« Offenbar wollte er die Frage nicht beantworten und Justus beschloss erst einmal darüber hinwegzugehen. »Noch eine Frage, Mr Granville. Lassen Sie immer alle Fenster offen, schließen aber sämtliche Türen im Haus ab?«
»Was?«, fragte Granville irritiert. »Äh – nein. Wieso? Sind sie verschlossen? Wie eigenartig. Das geht natürlich nicht. Ich werde Matthew sagen, dass er sie wieder aufschließen soll. Und jetzt geht weg, ich habe zu tun!«
Er setzte sich wieder an den Tisch und drehte Justus den Rücken zu. Also kehrten die drei ??? ins Haus zurück.
In der altmodischen, blitzsauberen Küche stand Matthew am Gasherd und briet Spiegeleier mit Speck. Er warf einen missmutigen Blick auf seine Gäste. »Setzt euch da an den Tisch.«
»Mr Granville«, sagte Justus, »offenbar haben Sie uns nicht erwartet und sind über unseren Besuch nicht erfreut. Wie kommt es, dass Ihr Bruder Ihnen davon nichts erzählt hat? Sie wussten doch von dem Diebstahl des ›Oculus Audiens‹?«
»Mein Bruder erzählt mir nicht alles, was er tut, und ich erzähle ihm nicht alles, was ich tue. Aber ich wusste natür-

lich von dem Diebstahl. Er hat es mir am Donnerstag erzählt.«

»Am Donnerstag?«, fragte Bob. »Aber das Gerät wurde doch schon Dienstagnacht gestohlen!«

»Mein Bruder neigt gelegentlich dazu, Dinge erst zu überdenken.«

»Hat er denn nicht die Polizei gerufen?«, fragte Peter.

»Nein.«

»Warum nicht?«

»Er entschied sich dagegen.«

»Warum?«

»Weil er sie nicht hinzuziehen wollte.«

»Warum nicht?«

»Weil dann sofort die Öffentlichkeit eingeschaltet würde und mein Bruder die Öffentlichkeit nicht mag.«

Das klang nun wirklich nicht nach dem Winston Granville, der sich in aller Öffentlichkeit mit dem Stadtrat von Brestow zankte, aber Justus entschloss sich darüber zunächst hinwegzugehen. Er setzte sich an den Tisch. »Bitte erzählen Sie uns genau, was von Dienstagabend bis Donnerstag passiert ist.«

Matthew verzog das Gesicht und schob die Eier in der Pfanne herum, während er sprach. »Winston fuhr gegen sieben Uhr nach Brestow zur Stadtratssitzung. Ich räumte hier im Haus noch etwas auf und ging um zehn Uhr ins Bett. Dann las ich bis ungefähr elf Uhr. Anschließend bin ich eingeschlafen.«

»Haben Sie gehört, wann Ihr Bruder nach Hause kam?«, fragte Justus.

»Nein. Er kommt von diesen Sitzungen immer erst um halb zwölf oder zwölf zurück.«

»Haben Sie in dieser Nacht etwas Verdächtiges gehört?«

»Nein.«

»Und was hat Ihr Bruder am Mittwoch getan?«

»Er war schon wach, als ich aufstand, und schloss sich bis Mittag in seinem Labor ein. Das tut er häufig. Mittags kam er dann zum Essen. Er war ein wenig düster, aber das ist er oft, wenn er über ein wissenschaftliches Problem nachgrübelt. Danach fuhr er weg und kam erst abends wieder.«

»Das war der Tag, an dem er uns anrief«, sagte Peter. »Woher kennt er uns überhaupt?«

»Das weiß ich nicht. Ich kannte euch jedenfalls nicht.« Der abweisende Blick, mit dem er das sagte, sprach Bände. »Ich habe auch noch nie gehört, dass sich Kinder als Detektive betätigen.«

»Jugendliche, bitte«, sagte Justus. »Und wir haben schon einige Fälle aufgeklärt, an denen die Polizei gescheitert ist. Hier ist unsere Karte.« Er zog die Visitenkarte der drei ??? aus der Tasche und reichte sie Mr Granville.

Der Mann studierte die Karte ausführlich und gab sie ihm schließlich zurück. »Hm, aha. Verstehe.«
»Was haben Sie denn am Mittwoch gemacht, während Ihr Bruder nicht da war?«, fragte Bob.
»Das geht dich zwar nichts an, aber bitte.« Granville nahm die Pfanne vom Herd und lud jedem der drei Detektive eine ordentliche Portion Eier mit Speck auf den Teller. »Esst das. Was ich getan habe? Ich habe gelesen, ein paar Briefe geschrieben und den Wassertank repariert.«
»Was war denn kaputt? Hoffentlich hatte er kein Leck?«
»Nein, der Wasserstandsanzeiger funktionierte nicht, das war alles.«
»Wo steht denn der Wassertank?«, fragte Justus.
»In einem der Nebengebäude.«
»Und wie oft wird er aufgefüllt?«
»Was hat das noch mit euren Ermittlungen zu tun?«
»Das weiß ich nicht«, sagte Justus mit treuherzigem Blick. »Ich bin eben neugierig.«
»Jeden Dienstagabend kommt ein kleiner Tankwagen von Brestow hierher«, sagte Matthew widerwillig.
»Aha«, sagte Justus. »Interessant. Kam er auch am letzten Dienstag?«
»Wenn ich jeden Dienstag sage, meine ich auch jeden Dienstag. Und bevor du noch mehr so dumme Fragen stellst: nein, der Fahrer hatte weder Zeit noch Gelegenheit, Winstons Erfindung zu stehlen, da ich ihn die ganze Zeit beaufsichtigt habe.«
»Wer kommt denn sonst noch regelmäßig her?«, fragte Bob kauend. »Ihr Bruder sagte, wir sollten Sie danach fragen.«

»Selma Fields, die Putzfrau, kommt jeden Samstag.«

»Sonst niemand? Was ist mit dem Postboten?«

»Mrs Fields bringt die Post immer mit. Manchmal fährt einer von uns auch nach Brestow, um dringende Briefe wegzubringen oder abzuholen.«

»Verstehe. Nur um ganz sicherzugehen: Sie haben weder am Dienstagabend noch in der Nacht oder am Mittwoch etwas Verdächtiges bemerkt?«

»Gar nichts«, sagte Mr Granville.

»Aber wenn etwas zu bemerken gewesen wäre, *hätten* Sie es bemerkt?«

»Wahrscheinlich nicht. Erstens habe ich einen sehr festen Schlaf und zweitens hatte ich am Mittwoch so viel im Haus zu tun, dass ich höchstens ein Krachen und Poltern bemerkt hätte, aber keinen Dieb, der einfach nur durch das Fenster zu greifen brauchte.«

»Vielen Dank, Mr Granville.« Justus schob seinen leeren Teller zurück und stand auf. »Es hat wirklich ausgezeichnet geschmeckt. Kommt, Kollegen!«

Ein seltsamer Fund

Eigentlich hatten die drei ??? wenig Lust, im Haus dieser beiden eigenartigen Brüder zu übernachten, die ihnen zwar einen Fall aufhalsten, aber keinerlei brauchbare Informationen gaben und sich auch untereinander kaum abzusprechen schienen. Aber mittlerweile war es dunkel geworden und sie beschlossen, auf jeden Fall am nächsten Tag noch die Putzfrau Selma Fields zu befragen, bevor sie in Brestow nach John Frazier suchten. Also legten sie sich auf die Matratzen, hörten eine Weile der Stille in der Wüste zu und schliefen dann ein.

Mitten in der Nacht schreckten sie alle drei hoch. Ein kurzer, harter Ruck war durch das ganze Haus gegangen und die alten Holzwände knirschten und knarrten laut. Das Haus zitterte, als sei es lebendig, und aus der Ferne heulte eine Gruppe von Kojoten. Gleich darauf war alles wieder still. Bob seufzte tief. »Warum können diese blöden Kontinentalplatten nicht irgendwo anders zusammenstoßen? Zum Beispiel in Kansas?«

»Weil wir dann wahrscheinlich die Tornados hätten.« Justus gähnte und kuschelte sich wieder unter seine Decke. »Solange es nicht das ganz große Erdbeben ist, stört mich das nicht.«

Peter sagte nichts – er war schon wieder eingeschlafen.

Als Bob das nächste Mal aufwachte, schien ihm der Vollmond durch das Fenster mitten ins Gesicht. Er war nicht sicher, was ihn geweckt hatte – das Licht oder die Stille. Zu Hause in Rocky Beach hörte man eigentlich immer irgendwo ein Auto fahren und im Hintergrund rauschte das Meer. Ganz still war es nie. Aber hier in der Wüste herrschte Totenstille – abgesehen von Justus' leisem Schnarchen und einem gelegentlichen Schnaufen aus Peters Richtung.

Bob versuchte wieder einzuschlafen, aber es gelang ihm nicht, er wurde immer wacher und seine Füße wurden kalt. Schließlich stand er leise auf und trat ans offene Fenster.

Der Vollmond stand hoch über der Wüste, die fast weiß aussah und sich bis zum Horizont erstreckte. Am Himmel funkelten unzählige Sterne. Der Nachtwind war kühl und Bob fröstelte. Er wollte sich gerade wieder hinlegen, als ihm etwas auffiel. In dem einen Nebengebäude, das er von hier aus sehen konnte, brannte Licht.

Er warf einen Blick auf seine Armbanduhr. Halb drei. Wer war denn mitten in der Nacht in den Schuppen unterwegs?

In diesem Moment ging das Licht aus. Ein Mann verließ den Schuppen. Er trug eine Schaufel über der Schulter. Bob konnte nicht erkennen, wer es war, aber es musste ja einer der beiden Brüder Granville sein. Der Mann schob die Tür zu, schloss sie ab und verschwand um die Ecke des Hauses. Kurz darauf hörte Bob eine Tür im Haus zufallen.

Er schlich zu Justus hin und stieß ihn leicht an. »Justus!«, flüsterte er. »Wach auf! Hier tut sich was!«

Justus war sofort wach. Bei Peter dauerte es etwas länger. Flüsternd erzählte Bob ihnen, was er gesehen hatte.
»Verrückt«, befand Peter. »Haben die nicht den ganzen Tag Zeit zum Graben? Warum machen die das nachts?«
»Und warum, wenn wir da sind?«, ergänzte Bob. »Warum warten sie nicht einfach, bis wir wieder weg sind und sie freie Bahn haben?«
»Wir sehen uns das mal an«, entschied Justus und sie zogen sich rasch an, griffen nach ihren Taschenlampen und schlichen zur Tür.
Das Treppenhaus war dunkel, aber unten in der Eingangshalle drang ein schwacher Lichtschein durch den Spalt der angelehnten Kellertür. So leise sie konnten, schlichen die drei ??? zur Treppe und stiegen eine Stufe nach der anderen hinab. Die Holzstufen knarrten leise unter ihren Füßen und immer wieder blieben sie stehen und lauschten.
Aus der Tiefe drang kein Geräusch zu ihnen hoch. Vorsichtig schlichen sie bis ganz nach unten und Bob spähte durch den Spalt der Kellertür. Dahinter führte – wie zu erwarten – eine weitere Treppe nach unten. Peter zog die Tür weiter auf und sie schlichen hinunter.
Unten fanden sie sich in einem etwa sechs Meter langen Gang, der wie ein alter Bergwerksstollen aussah. Sechs uralte Holzpfeiler trugen ebenso alte Balken, die den Gang abstützten. In der Mitte des Ganges befand sich zwei Türen aus roh gesägten Brettern, und eine weitere solche Tür am Ende des Ganges stand halb offen. Von dort kam der schwache gelbliche Lichtschein einer Lampe, die offenbar auf dem Fußboden stand. Aber alles war still – bis plötzlich ein

dumpfer Schlag erklang, gefolgt von einem Rumpeln. Gleich darauf zischte eine Stimme: »Leise, verflucht!«

»Nicht meine Schuld, dass der Boden hier nur aus Sand und Steinbrocken besteht«, antwortete eine zweite Stimme mürrisch. »Machen Sie's doch selbst!«

»Nein, mein Freund, du tust, wofür du bezahlt wirst.«

Jetzt erkannten die Jungen den ersten Sprecher: Es war Matthew Granville. Allerdings klang er bedeutend schärfer, als sie ihn bisher gehört hatten. »Und verdammt noch mal, leise!«

»Wieso eigentlich?«, fragte der andere, dessen Stimme ihnen unbekannt war. »Ihr Bruder schläft doch tief und fest, oder?«

»Wie ein Murmeltier, dafür habe ich gesorgt. Aber er hat sich drei Jungs ins Haus geholt und denen konnte ich nichts in die Getränke mischen, ohne dass es ihnen aufgefallen wäre. Also mach schon!«

Der zweite Mann schaufelte einige Minuten und hörte dann wieder auf. »Das müsste jetzt tief genug sein.«

»Also rein damit«, sagte Granville, etwas rumpelte und polterte, und dann kam das regelmäßige Geräusch einer Schaufel, die in einen Haufen Sand und Geröll gestoßen und irgendwo ausgekippt wurde.

Die drei ??? schauten sich nach einem guten Versteck um. Peter stieß Justus an und zeigte auf eine der beiden geschlossenen Holztüren. Justus nickte. Sie schlichen dorthin und zogen die Tür vorsichtig auf. Dahinter war es stockdunkel. Leise zogen sie die Tür hinter sich zu, standen in der Finsternis und horchten.

»Warum musste das eigentlich unbedingt heute Nacht sein?«, fragte der zweite Mann.
»Weil es nötig ist«, erwiderte Granville in einem sehr unangenehmen Tonfall. »Und ich tue immer das, was nötig ist. Du verstehst mich doch?«
»Na, aber sicher.« Die drei ??? hörten ein paar abschließende feste Schläge. »Fertig. Ein nettes kleines Grab im Keller. Dadrin ist er gut aufgehoben.«
Die heimlichen Zuhörer überlief es kalt.
Die beiden Männer nahmen die Lampe auf, verließen den hinteren Raum und gingen an der Holztür vorbei zur Treppe. Die Detektive erkannten Matthew Granville, aber der zweite Mann war kleiner und hielt sich im Schatten der Lampe. Sie stiegen die Treppe hinauf und schlossen die Tür hinter sich ab. Justus, Peter und Bob waren eingesperrt.
»Was jetzt?«, flüsterte Peter.
Justus gab sich einen Ruck. »Jetzt sehen wir uns in dem Raum dort um.«
»Justus, die haben da jemanden *begraben*! Eine Leiche!«
»Das ist noch nicht bewiesen«, sagte Justus.
»Wie jetzt – meinst du, die Leiche war noch nicht tot?«, zischte Bob. »Das macht es nicht besser, Justus!«
»Ich meine, wir wissen nicht, wen – oder was – sie dort vergraben haben.« Justus schaltete seine Taschenlampe an und marschierte voran.
Der Raum am Ende des Kellerganges war klein, weiß gekalkt und völlig leer bis auf die in eine Ecke gelehnte Schaufel. Die Stelle, an der der zweite Mann gegraben hatte, war leicht zu finden, obwohl er und Granville die aufgehäufte

Erde festgetrampelt hatten. Justus maß die Stelle mit ein paar Schritten aus, blieb stehen und zupfte an seiner Unterlippe. »Für ein Grab ist das nicht groß genug.«

»Das beruhigt mich ungemein«, murmelte Peter.

»Und sie haben die Schaufel nicht mitgenommen …«

»*Das* beruhigt mich nun überhaupt nicht. Was hast du vor? Willst du da etwa graben? In einem *Grab*?«

»Mich beunruhigt etwas ganz anderes«, flüsterte Bob. »Wie kommen wir aus diesem Keller wieder heraus? Ich will ganz bestimmt nicht darauf warten, dass uns hier morgen früh die Putzfrau entdeckt! Falls sie überhaupt hier herunterkommt, was ich nicht glaube.«

»Konzentriert euch, Kollegen«, sagte Justus. »Denkt lieber nach. Was könnte Matthew Granville hier verstecken wollen? Warum ist es *nötig*, dass er und sein angeheuerter Helfer dafür mitten in der Nacht eine Grube ausheben? Und warum hält er das vor seinem Bruder so geheim, dass er ihm sogar Schlafmittel verabreicht?«

»Weil der Bruder wahrscheinlich gleich etwas von einer Verschwörung gegen ihn faseln würde«, sagte Peter.

»Aber so ist es wirklich eine Art Verschwörung, oder?«

»Und warum muss das alles heute Nacht sein?«, fuhr Justus fort. »Steht Matthew unter Zeitdruck? Warum kann er das nicht morgen machen, wenn wir weg sind?«

»Vielleicht hat dieser andere Mann nur heute Nacht Zeit, Gräber auszuheben«, meinte Peter. »Und ich würde jetzt gerne verschwinden. Dieses Haus und alle seine Bewohner sind mir unheimlich.«

»Ich glaube nicht, dass es ein Grab ist. Meine Theorie ist,

dass Granville unbedingt etwas verstecken wollte, das sein Bruder nicht sehen sollte. Oder wir. Er muss es in einem der verschlossenen Zimmer aufbewahrt haben. Und als Winston ihm sagte, er solle die Türen wieder aufschließen, fürchtete Matthew, dass wir oder Winston es sehen könnten.« Er grinste. »Nur hatte er das Pech, dass wir genau durch diese Vergrabungsaktion darauf aufmerksam wurden. Gut, dass du aufgewacht bist, Bob.«

»Was meinst du denn, was es ist?«, fragte Bob. »Glaubst du, diese beiden haben die großartige Erfindung geklaut?«

»Wozu bitte sollten sie sie vergraben? Sie hätten sie auch einfach in einem Schrank einschließen können. Nein, ich glaube, sie wollten ganz sichergehen, dass keiner das Ding findet. Es muss etwas Ungewöhnliches sein, das in einem normalen Haus sofort auffallen würde. Ich möchte zu gerne wissen, was es ist … und es gibt nur eine Möglichkeit, es herauszufinden.«

»Nein!«, zischte Peter. »Justus, wir haben ja schon eine Menge komischer Dinge getan, aber das geht zu weit!«

»Ich schlage vor, du schaust dich mal um, ob es hier nicht doch ein Fenster gibt. Und dann gehst du zur Treppe und passt auf, ob sich oben etwas rührt. Bob und ich machen das hier schon.«

»Also mir gefällt das aber auch nicht, Just«, sagte Bob mit einem unbehaglichen Blick auf die festgetrampelte Erde.

»Mir auch nicht«, erwiderte Justus. »Aber wir können nun einmal nicht immer nur das tun, was uns Spaß macht.« Er schnappte sich die Schaufel und fing an zu graben. Peter verließ sofort den Raum.

Als Justus ein etwa fünfzig Zentimeter tiefes Loch gegraben hatte, richtete er sich ächzend auf und reichte die Schaufel an Bob weiter. Bob verzog den Mund, sagte aber nichts und schaufelte drauflos. Weitere fünfzig Zentimeter tiefer stieß die Schaufel gegen etwas Hartes.
»Leise!«, mahnte Justus. »Und jetzt vorsichtig. Grab es aus!«
»Du hast gut reden«, murrte Bob. Er legte die Schaufel weg und grub vorsichtig mit den Händen weiter. Nach kurzer Zeit legte er eine metallbeschlagene Ecke frei. Er beleuchtete sie ausgiebig mit der Taschenlampe. »Zumindest sickert kein Blut raus. Ich glaube fast, du hast Recht, Just. Ein Sarg ist das nicht. Es ist auch zu klein.«
Er grub noch ein bisschen weiter und schließlich blickten sie auf eine Holzkiste mit Metallbeschlägen hinab.
»Mach sie auf«, sagte Justus aufgeregt und leuchtete mit der Taschenlampe in die Grube. Bob mühte sich mit dem Deckel der Kiste ab und schaffte es endlich, ihn hochzuwuchten.
In der Kiste lag ein verbeulter, verdrehter, angeschwärzter roter Metallkasten, auf dessen Seiten noch die Worte ›Do not open‹ zu erkennen waren.
In diesem Moment flitzte Peter in den Raum und zischte: »Es kommt jemand!«
Ein Schlüssel drehte sich im Schloss der Kellertür.
Sofort knipsten sie die Taschenlampen aus. Bob sprang aus der Grube, Justus rappelte sich auf, bereit zur Flucht.
Die Tür ging auf und der Schein einer Taschenlampe leuchtete die Treppe hinunter. »Hallo?«, sagte eine Männerstimme recht leise. »Matthew, bist du das?«

Sie hielten alle drei den Atem an.
»Hallo?«, fragte Winston Granville noch einmal. Diesmal klang es eindeutig ängstlich und er wartete auch gar keine Antwort ab, sondern schloss die Tür und drehte den Schlüssel zweimal um.
Die drei ??? regten sich nicht, bis sie ganz sicher waren, dass Granville sie nicht mehr hören konnte. Dann flüsterte Justus: »Da hat wohl das Schlafmittel nicht lange genug gewirkt …«
»Warum haben wir eigentlich nichts gesagt?«, flüsterte Peter. »Das war doch die beste Gelegenheit für uns, ihm zu sagen, dass sein Bruder Leichen im Keller vergräbt!«
»Und es war die beste Gelegenheit, dadurch Matthew Granville zu verraten, dass wir ihn dabei belauscht haben!«, zischte Bob. »Da hätten wir vorhin genauso gut hier hereinmarschieren und ihnen beim Graben helfen können! Außerdem ist es keine Leiche.«
»Nicht?« Peter knipste seine Taschenlampe an und tappte näher an die Grube heran. »Dann lass mal sehen. Ist es ein Schatz?«
»Eine Million Dollar, und da ihr mir die ganze Arbeit überlassen habt, gehören sie mir«, sagte Bob. Peter riss die Augen auf. »Eine Million Dollar? Das ist nicht dein Ernst!«
»Es ist ein Flugschreiber«, sagte Justus. »Zumindest war es mal einer – ich habe einmal eine Sendung darüber gesehen. Und ich schlage vor, wir graben ihn schleunigst wieder ein.«
Sie schlossen den Deckel, schaufelten Sand und Erde zurück in die Grube, traten die Erde fest, stellten die Schaufel

zurück in die Ecke – und hörten, wie sich oben der Schlüssel im Schloss drehte.

»Raus hier!«, zischte Justus. Sie flitzten in den Flur und blieben jäh stehen. Die Kellertür öffnete sich und Winston Granville sagte beschwörend: »Nun glaub mir doch endlich! Ich habe Stimmen gehört, da unten ist jemand! Ich dachte, du seist es!«

»Da ich friedlich in meinem Bett gelegen und geschlafen habe, kann ich es wohl kaum gewesen sein«, erwiderte Matthew in gereiztem Ton. »Aber bitte, wenn du meinst –« Er brach ab, als das Licht seiner Taschenlampe die drei Gestalten im Flur erfasste. »Was zum Teufel –«

Justus unterbrach ihn sofort. »Mr Granville! Warum haben Sie uns eingesperrt? Wir hörten ein seltsames Geräusch und kamen herunter, um es zu überprüfen, und Sie haben uns eingeschlossen! Was sollte das?«

»W-was?«, rief Winston Granville. »Ihr seid das? Was macht ihr denn hier unten?«

»Als Detektive gehen wir allen ungewöhnlichen Vorkommnissen nach«, sagte Justus. »Das Erdbeben hatte uns geweckt und einige Zeit später hörten wir ein Geräusch –«

»Was für ein Geräusch?«, unterbrach Matthew Granville ihn scharf.

»Wir konnten es nicht identifizieren«, sagte Justus. »Es war sehr leise. Wir waren gerade dabei, uns umzusehen, als Sie uns einschlossen, Mr Granville.«

»Aber ich habe doch gerufen«, sagte Winston verwirrt. »Warum habt ihr nicht geantwortet?«

»Das wollten wir gerade tun, als Sie die Tür abgeschlossen

haben«, sagte Justus. »Und weil wir annahmen, dass Sie mit Verstärkung zurückkommen würden, haben wir davon abgesehen, hinter Ihnen herzubrüllen, da sich das Missverständnis ja leicht aufklären ließ.«

»Aber –«, begann Winston wieder, doch Matthew unterbrach ihn. »Winston, es ist spät und ich habe keine Lust, mir das Gefasel dieser Jungen anzuhören. Wahrscheinlich haben sie eine Ratte oder Klapperschlange in der Speisekammer gehört. Egal, was es war – ich gehe jedenfalls wieder ins Bett und ich empfehle dir, dasselbe zu tun. Und ihr –«, er warf einen bösen Blick auf die drei ???, »ihr erledigt morgen das, worum Winston euch gebeten hat, und dann lasst ihr euch hier nicht mehr blicken!«

»Einverstanden«, sagte Justus.

Sie marschierten die Kellertreppe hinauf. Die Brüder Granville traten zur Seite, um sie vorbeizulassen. Winston richtete den Strahl der Taschenlampe nun endlich nach unten und das Licht fiel auf etwas Langes, Metallisches: den Lauf einer Schrotflinte in Matthew Granvilles Hand.

»Wisst ihr was?«, sagte Bob, als sie wieder oben auf ihren Matratzen lagen. »Ich fühle mich in diesem Haus nicht wirklich sicher und geborgen. Woher hat Matthew Granville einen kaputten Flugschreiber?«

»Und wozu vergräbt er ihn im Keller?«, ergänzte Peter. »Ausgerechnet heute Nacht, wo es im Haus vor Detektiven nur so wimmelt?«

»Gute Fragen, Kollegen«, sagte Justus. »Den Flugschreiber aus einem abgestürzten Flugzeug nicht den Behörden zu übergeben, dürfte eine strafbare Handlung sein. Wir sollten zu klären versuchen, aus welchem Flugzeug das Gerät stammt, in welcher Beziehung Matthew Granville dazu steht und warum er das alles hinter dem Rücken seines Bruders tut. Es war doch ganz offensichtlich, dass er nicht wollte, dass Winston uns zu genau über die Geräusche im Keller befragt. Irgendetwas geht hier vor, Kollegen, aber ich muss zugeben, dass sich mir die Zusammenhänge in diesem Fall bisher noch nicht erschlossen haben.«

»Das hast du schön gesagt«, lobte Bob und gähnte. »Mir geht's genauso, aber um diese Uhrzeit kann ich das nicht so ausdrücken. Gehen wir schlafen?«

Justus überlegte und nickte endlich. »Ja, heute Nacht können wir wohl nicht mehr viel tun.«

»Das ist das Beste, was du heute gesagt hast«, meinte Peter.

Sie zogen sich aus, schlüpften unter die Decken und waren bald eingeschlafen.

Ein einfacher Auftrag

»Ihr haltet mich sicher für einen Feigling«, sagte Winston Granville am nächsten Morgen beim Frühstück. »Aber etwas ist merkwürdig an diesem Haus. Ich habe schon öfter mitten in der Nacht seltsame Geräusche gehört. Aber Matthew glaubt mir nicht. Ich bin fast froh, dass wir euch heute Nacht sozusagen erwischt haben, haha! Das war endlich einmal ein greifbarer Beweis, dass ich nicht verrückt bin!«

»Es nützt nur nichts«, sagte Matthew, der gerade hereinkam. »Schließlich waren die Jungen früher nicht im Haus und können die anderen Geräusche, die du gehört haben willst, nicht verursacht haben.«

»Ich *will* überhaupt nichts gehört haben«, sagte Winston. »Ich *will* nachts friedlich schlafen. Aber trotzdem *habe* ich etwas gehört!«

»Werden Ratten gewesen sein«, sagte Matthew schroff. »Verdammte Biester, treiben sich überall herum und stecken ihre miesen kleinen Schnüffelnasen in Dinge, die sie nichts angehen. Mal sehen, ob ich nicht noch ein paar giftige Köder herumliegen habe. Dieses Rattenpack wird sich noch wünschen, nie geboren zu sein.« Er starrte die drei ??? mit so unverhohlener Feindseligkeit an, dass ihnen unbehaglich zu Mute wurde. »Genießt ihr euer Frühstück, Jungs?«

»Ja, danke«, antwortete Justus genauso höflich wie zuvor.

Dann wandte er sich an Winston. »Wir möchten heute gerne mit der Putzfrau sprechen, dieser Mrs Fields.«
»Wozu das denn?«, fragte Granville irritiert. »Sie hat doch mit meiner Erfindung nichts zu tun!«
»Wissen Sie das so genau, Sir?«, fragte Justus.
»Wie? Was?« Granville wurde rot. »Äh – ja. Ich meine, nein! Woher soll ich das wissen? Aber es liegt doch auf der Hand – was sollte denn eine Putzfrau mit meiner Erfindung anfangen?«
»Unterschätzen Sie die Putzfrauen nicht«, sagte Justus ganz ernsthaft. »Sie könnte ja eine Spionin sein. Sie sagten doch, Sie seien von Neidern und Spionen umgeben.«
»Äh – ach ja«, sagte Winston Granville rasch. »Aber mir wäre es lieber, wenn ihr euch auf echte Verdächtige konzentrieren würdet. Dieser Frazier zum Beispiel. Machen wir die Sache nicht komplizierter, als sie ist! Fahrt zu ihm, seht nach, ob er meine Erfindung hat, und bringt sie mir zurück!«
»Sollen wir sie ihm stehlen?«, fragte Peter irritiert.
»Unsinn!« Granville lief erneut rot an. »Ihr stehlt doch nicht, wenn ihr mir meine Erfindung – äh – zurückbringt! Sie gehört mir! Ich hatte die grundlegende Idee und – äh – alles andere!«
»Ich würde aber doch lieber erst mit ihm reden«, sagte Justus. »Schließlich wissen wir doch gar nicht, ob er sie wirklich hat. Das ist doch nur eine Vermutung von Ihnen. Oder?«
»Natürlich!«, rief Granville. »Was denn sonst? Aber *wenn* er sie hat, will ich sie sofort haben, ist das klar?«

»Gewiss, Sir. Aber wir bevorzugen doch unsere eigenen Methoden. Und die erfordern nun einmal sorgfältige –«

»Ich glaube, euch ist etwas nicht klar«, unterbrach Matthew Granville ihn barsch. »Ihr sollt weder die Putzfrau befragen noch das ganze Haus auf den Kopf stellen. Euer Auftritt heute Nacht hat uns gereicht. Erst treibt ihr euch im Keller herum und nachher fallt ihr in den Wassertank oder so etwas! Das hier ist ein privater Besitz, kein Spielplatz für Halbwüchsige. Ihr sollt euren Job erledigen, die Maschine zurückbringen und wieder verschwinden. Das und nichts anderes ist euer Auftrag. Ist das klar?«

»Ja, Sir«, sagte Justus.

»Also lasst ihr gefälligst Mrs Fields in Ruhe.«

»Ja, Sir, wir werden sie in Ruhe ihre Arbeit machen lassen.«

Granville musterte ihn misstrauisch, aber Justus stopfte sich ein riesiges Stück Käse in den Mund, als sei das Thema damit für ihn erledigt.

Nach dem Frühstück packten sie ihre Sachen und räumten sie ins Auto. Mrs Fields war inzwischen aufgetaucht, aber Matthew Granville hatte sie sofort in die Küche geholt und mit Arbeit überhäuft. Ihr Wagen stand vor dem Haus; es war ein leicht verbeulter blauer Volvo. Nachdem Bob sich die Nummer notiert hatte, kletterten sie in den Käfer und machten sich auf den Weg nach Brestow.

Ihr neuer Bekannter, der Tankwart Jim Mason, hatte nichts dagegen, dass sie eine Weile bei ihm herumlungerten und seinen Vorrat an eisgekühlten Getränken verringerten. »Habt ihr das Erdbeben heute Nacht mitbekommen?«, fragte er.

»Ich sage euch, Tankwart in Brestow ist der gefährlichste Job der Welt. Irgendwann fliegt mir hier alles um die Ohren. Vielleicht schon morgen, wer weiß?«
»Warum soll es hier gefährlicher sein als bei uns an der Küste?«, fragte Peter.
Mr Mason wies mit dem Daumen auf die Bergkette, die sich westlich hinter dem Ort erhob. »Deswegen. Keine drei Meilen von hier verläuft die San-Andreas-Verwerfung. Dort schrubben die beiden Kontinentalplatten aneinander vorbei. Wenn es da mal richtig kracht, steht hier nichts mehr.«
»Ich hatte gar nicht mitbekommen, dass wir hier so nah dran sind«, sagte Bob.
»Das ist im Moment auch nicht weiter wichtig«, sagte Justus ungeduldig. »Mr Mason, kennen Sie zufällig einen Mr John Frazier hier in Brestow?«
»Ja, natürlich kenne ich den!«, antwortete Mr Mason. »Der ist fast genauso schlimm wie Granville. Nur auf andere Weise. Der läuft immer herum mit einem Gesicht, als ob er sagen wollte: *Wartet nur, irgendwann zeig ich's euch!* Was wollt ihr denn nun ausgerechnet von dem? Hat er auch eine Nichte, die ihn grüßen lässt?«
»Einen Neffen«, sagte Justus. »Nein, wir wollen nur mit ihm reden. Wo wohnt er denn?«
»Fahrt hier die Straße runter. An der zweiten Ecke links. Nach hundert Metern seht ihr einen hässlichen grauen Betonklotz; da wohnt er.«
»Vielen Dank!« Sie verabschiedeten sich und machten sich auf den Weg.
Nach fünf Minuten hatten sie das Haus gefunden. Es war

tatsächlich nicht mehr als ein grauer Betonklotz mit einigen hohen, schmalen Fenstern. Er stand in einem sehr karg bewachsenen Garten, auf den die Sonne gnadenlos niederbrannte. Wie in Rose Hall standen auch hier alle Fenster offen.

Die Detektive klingelten an der Tür. Justus hatte sich bereits genau zurechtgelegt, was er Mr Frazier fragen wollte. Aber er kam nicht dazu, denn die Tür blieb geschlossen. Sie klingelten noch ein paarmal, aber drinnen rührte sich nichts.

»Gehen wir mal ums Haus«, schlug Bob vor.

Sie marschierten durch das gelbe, vertrocknete Gras, entdeckten einen leeren Swimmingpool und ein in der sengenden Sonne vor sich hin rostendes Autowrack, aber Mr Frazier entdeckten sie nicht. Stattdessen stieß Peter Justus plötzlich an und zeigte auf eins der Fenster. »Guck mal!«

Durch das offene Fenster schauten sie direkt auf einen sehr ordentlich aufgeräumten Arbeitstisch, auf dem sich nur ein einziger Gegenstand befand: ein graues Kästchen von der Größe eines Schuhkartons mit einigen bunten Schaltern und Knöpfen.

»Das muss es sein!«, flüsterte Bob. »Ganz schön unvorsichtig, es erst zu klauen und dann offen herumstehen zu lassen, wo es jeder sehen kann!«

»Ich glaube nicht, dass in den letzten Jahren überhaupt jemand in diesen Garten gekommen ist«, meinte Justus. »Wahrscheinlich dachte er, es sei sicher genug. Die meisten Leute dürften ja gar nicht wissen, dass es sich um eine wertvolle Erfindung handelt. Aber irgendwie gefällt mir unser Auftrag überhaupt nicht! Das geht alles viel zu glatt. Gran-

ville hat uns doch praktisch direkt hierhergeschickt. Er muss gewusst haben, dass Frazier der Dieb ist. Aber wieso hat er so getan, als wüsste er es nicht?«
»Weil er verrückt und paranoid ist?«, schlug Peter vor.
»Möglich. Aber das reicht mir als Erklärung nicht aus.«
»Und was machen wir jetzt?«, fragte Bob. »Nehmen wir das Ding mit oder nicht?«
»Ich würde lieber zuerst mit Frazier reden.«
»Und ihn fragen, ob er Granvilles Erfindung geklaut hat?«
»Nein, natürlich nicht. Aber vielleicht hätte er den einen oder anderen Hinweis, der uns weiterhelfen könnte. Oder er könnte einen Fehler machen und sich verraten …«
»Er ist aber nicht da.« Bob überlegte und sagte dann kurz entschlossen: »Ich mach's. Hilf mir mal, Peter.«
»Wobei?«
»Wobei wohl? Wir holen das Ding heraus, geben es Mr Granville zurück und fahren nach Hause.«
»Das gefällt mir nicht«, sagte Peter. Aber er widersprach nicht mehr, sondern hievte Bob an der Hauswand in die Höhe, so dass der dritte Detektiv durch das Fenster schauen konnte. Der Raum war wohl ein Arbeitszimmer, aber ein so ordentliches, wie Bob es noch nie gesehen hatte. Es sah fast unbewohnt aus. Auf jeden Fall befand sich niemand darin und er griff rasch durch das Fenster und packte das Kästchen. »Alles klar, ich hab's.«
»Ich komme mir vor wie ein Einbrecher«, murrte Peter.
»Auf jeden Fall wird Winston Granville uns einige Fragen beantworten müssen«, sagte Justus finster. »Mir gefällt das nämlich auch nicht. Irgendetwas ist hier faul, Kollegen.« Er

nahm das Kästchen an sich. »Aber vorher fahren wir noch ins Zeitungsarchiv von Brestow. Vielleicht bekommen wir etwas über Granvilles Flugschreiber heraus.«
Sie verstauten das graue Kästchen im Kofferraum des Käfers und machten sich durch die staubige, heiße Stadt auf den Weg zum Haus der ›Brestow Desert News‹.
Als sie dort ankamen, war ein älterer Mann gerade dabei, die Tür von außen abzuschließen. Unwillig schaute er sich nach ihnen um. »Alles geschlossen. Irgendwann muss ein Mensch doch mal Wochenende haben! Kommt am Montag wieder!«
»Das geht leider nicht«, sagte Justus, »wir sind nämlich nicht von hier. Es ist von elementarer Wichtigkeit, dass Sie uns den Zugang zu Ihrem Archiv gewähren.«
»So, ist es das? Ich will dir mal was sagen: Es ist von elementarer Wichtigkeit, dass auch Russell Jackmore endlich mal Feierabend hat! Was wollt ihr im Archiv?«
»Wir suchen Informationen über ein Flugzeug, das hier in der Wüste abgestürzt sein könnte«, sagte Justus. »Es ist wirklich sehr wichtig.«
»So?« Mr Jackmore runzelte die Stirn. »Im letzten Jahr ist hier nichts abgestürzt.«
»Und vorher?«
»Vorher schon. Ein ganzes Stück weiter nördlich liegt eine Basis der U.S. Air Force. Das hier ist das Übungsgelände – jeden Mittwoch und Freitag rasen sie mit ihren verdammten Flugzeugen über unsere Köpfe hinweg, dass man verrückt werden könnte. Und da fällt schon mal eins runter.«

»Ist in der letzten Zeit ein Flugzeug abgestürzt?«
»Nee. Der letzte Absturz war – lass mich nachdenken – ja, genau, vor drei Jahren. Und der davor war vor fünfzehn Jahren.« Das Thema schien ihn zu interessieren; er kratzte sich das Kinn und verschob seinen Feierabend um ein paar Minuten. »Ja, ich erinnere mich noch genau. Meistens können sich die Jungs retten, aber bei diesem Absturz kam einer der beiden Piloten ums Leben. Ich hatte damals gerade bei der Zeitung angefangen und war natürlich ganz wild darauf, mir die Unglücksstelle anzusehen – aber danach war ich kuriert. Das Flugzeug war über die halbe Wüste verstreut, und der arme Teufel von Pilot vermutlich auch. Der andere war rechtzeitig ausgestiegen. Er wurde nachher monatelang festgehalten und vernommen, konnte aber auch nicht helfen. Und das Merkwürdigste ist, dass man den Flugschreiber der Maschine nie gefunden hat. Wir alle haben bei der Suche geholfen, aber das Ding war weg.«
Die Detektive waren wie elektrisiert. »Können Sie sich an die Namen der beiden Piloten erinnern?«, fragte Peter gespannt.
»Junge, das ist fünfzehn Jahre her! Das weiß ich doch heute nicht mehr! Der tote Pilot hieß Carr oder Carruthers – irgendetwas in der Art. Wie der andere hieß, weiß ich nicht mehr.«
»Hieß er vielleicht zufällig Granville?«, fragte Peter.
»Granville?« Jackmore lachte. »Wie unser verrückter Erfinder da draußen in der Wüste? Wie kommst du denn darauf?«
Peter zuckte nur die Achseln. »Ich dachte nur …«

»Nein, Granville hieß er wohl nicht. Oder doch? Ach, ich weiß es wirklich nicht. Tut mir leid.«

»Es steht doch sicher in den alten Zeitungen«, meinte Bob.

»Ja, bestimmt. Und wenn unser gesamtes Archiv nicht im letzten Jahr ausgebrannt wäre, könnte ich euch die Zeitungen sogar raussuchen. Aber so – nein, tut mir leid, Jungs.« Er steckte den Schlüssel in die Tasche. »War's das, was ihr wissen wolltet?«

»Noch nicht ganz«, sagte Justus, »aber Sie haben uns sehr geholfen. Vielen Dank!«

»Keine Ursache«, sagte Mr Jackmore, tippte grüßend an einen nicht vorhandenen Hut und ging weg.

Die drei ??? schauten einander an. »Kollegen«, sagte Justus, »ich habe das Gefühl, dass wir da plötzlich einer ganz seltsamen Sache auf der Spur sind. Es könnte sich lohnen, zu Hause in den Archiven der ›Post‹ zu graben. Bringen wir Winston Granville sein Spielzeug zurück und dann sehen wir zu, dass wir nach Hause kommen.«

Winston Granville war außer sich vor Freude, als sie ihm das graue Kästchen überreichten. »Ja! Das ist es! Mein ›Hörendes Auge‹! Ich kann es nicht glauben, dass dieser Frazier es wirklich – äh – hatte! Dieser Dieb! Dieser Halunke! Meine Erfindung zu stehlen!«

»Wollen Sie nun die Polizei rufen?«, fragte Justus.

»Wie? Was? Ach nein, nicht nötig. Ich habe es ja jetzt. Wieder, meine ich. Danke, Jungs! Vielen Dank! Wie habt ihr es gemacht? Äh – war er eigentlich – äh – zu Hause?«

»Nein, er war nicht da«, antwortete Justus.

Winston lachte. »Ausgezeichnet, ausgezeichnet! Geradezu grandios! Das hätte von mir sein können. Also ein hübscher kleiner Einbruch, wie?«

»Darüber wollten wir mit Ihnen reden«, sagte Justus. »Woher wussten Sie, dass Frazier der Dieb war? Und warum haben Sie so getan, als wüssten Sie es nicht?«

»Wie?« Winston Granville stutzte, zögerte und wurde wieder einmal rot. »Unsinn! Was redest du da? Ich wusste es nicht! Ich hatte es nur vermutet!«

»Das glauben wir Ihnen aber nicht, Mr Granville.«

»Das könnt ihr halten, wie ihr wollt«, fuhr Matthew Granville dazwischen. »Ihr hattet euren Auftrag und alles andere braucht euch nicht zu kümmern.«

»Wisst ihr was?«, sagte Winston. »Ihr sollt eine Belohnung bekommen – ich meine, natürlich nur, um euer detektivisches Gewissen zu beruhigen, haha! Matthew, meinst du nicht, wir sollten den dreien einen Finderlohn bezahlen? Hundert Dollar, wie wäre das?«

»Wenn du meinst. Ich hole das Geld.«

»Wir nehmen für unsere Dienste eigentlich kein Geld«, sagte Justus.

»Ach was!«, rief Winston Granville. »Ihr wisst ja gar nicht, was ihr für mich getan habt! Nehmt das Geld als Unkostenbeitrag. Kauft euch Eis davon, bis ihr blau werdet, haha! Und nun fahrt ihr wohl wieder nach Hause, wie? Na, viel Spaß am Strand! Und nun entschuldigt mich, ich habe viel zu tun!«

»Augenblick noch«, sagte Justus hastig. »Ich wüsste gerne,

was das ›Hörende Auge‹ denn nun ist. Was tut es? Wozu ist es gut?«
»Ja, das wüsstest du gerne, was? Haha! Ich wusste gleich, dass du ein ganz Schlauer bist. Einer, auf den man aufpassen muss. Aber vielleicht bist du doch nicht so schlau, wie?«
Matthew, der gerade wieder ins Arbeitszimmer kam, runzelte die Stirn und sagte scharf: »Halt den Mund, Winston.«
Winston lachte, sagte aber tatsächlich nichts mehr. Matthew zog einen Hundertdollarschein aus der Tasche und gab ihn Justus. »Keine Sorge – der hier ist auf beiden Seiten echt.«
»Danke«, sagte Justus.
»Nichts zu danken. Ihr wollt jetzt sicher fahren. Ich bringe euch zur Tür.«
Sie verabschiedeten sich von Winston Granville, aber er hatte nur Augen für die Maschine und antwortete kaum. Also gingen sie. Und Matthew Granville schloss die Haustür, sobald sie hinausgegangen waren.
»Nette Zeitgenossen, wirklich«, sagte Peter sarkastisch. »Was ist nun mit dieser Mrs Fields? Suchen wir sie?«
»Warum nicht?«, meinte Justus. »Vielleicht kann sie uns ja etwas über den Flugschreiber erzählen.«
Sie ließen Rose Hall hinter sich und fuhren zurück nach Brestow. Aber sie hatten kein Glück. Zwar war es recht leicht, das Haus von Mrs Fields zu finden, und sie war auch zu Hause. Sie öffnete ihnen sogar die Tür: eine hübsche, typisch kalifornische Blondine mit einem freundlichen Lächeln. Aber dieses Lächeln verschwand sofort, als Justus sie nach den Brüdern Granville fragte.

»Über meine Arbeitgeber rede ich nicht«, sagte sie knapp und kalt. »Und über die Granvilles schon gar nicht. Macht, dass ihr wegkommt!«

»Aber wir möchten doch nur wissen –«, begann Justus und brach ab, als Mrs Fields ihm die Tür vor der Nase zuwarf.

Er klingelte noch zweimal, aber sie machte nicht mehr auf.

»Das war ja wohl ein Reinfall auf der ganzen Linie«, sagte Bob auf dem Weg zurück zum Käfer.

»Immerhin haben wir diese hundert Dollar«, meinte Peter. »Dafür hat es sich doch gelohnt.«

»Das ist zwar richtig, Kollegen«, sagte Justus, »aber ich habe trotzdem allmählich das dumme Gefühl, dass wir zwar etwas gefunden haben, das wir nicht finden sollten, aber etwas anderes Wichtiges übersehen haben.«

»Wieso?«, fragte Bob.

»Hast du es nicht gemerkt? Matthew hat zwar Winston verboten zu viel zu reden, aber er hat sich selbst einen Versprecher geleistet. Er hat doch dauernd behauptet, nichts davon gewusst zu haben, dass Winston uns engagiert hat. Aber als er uns das Geld gab, sagte er, diesmal sei es echt. Also woher wusste er von dem doppelseitig kopierten Hundertdollarschein?«

Böses Erwachen

»Ich hab's doch gleich gesagt«, sagte Peter zwei Tage später in der Zentrale.

»Ja, ungefähr hundert Mal«, sagte Bob genervt. »Das macht es nicht besser.«

Justus sagte nichts. Er las zum dritten Mal den Zeitungsartikel, den Bob mitgebracht hatte.

»Dreister Diebstahl in Brestow
Bahnbrechende Erfindung wurde gestohlen
Am vergangenen Samstag wurde in Brestow aus dem Haus des angesehenen Erdbebenforschers John C. Frazier eine Erfindung gestohlen, die der 46-jährige Wissenschaftler in der kommenden Woche auf der jährlichen Seismologentagung in San Francisco der interessierten Fachwelt vorstellen wollte.
Dabei handelt es sich um ein ›Oculus Audiens‹, ein ›Hörendes Auge‹, mit dem die Dämpfung von Funkwellen unterhalb der Erde überwunden werden kann. Dadurch lassen sich unterirdische Vorgänge wie mit einem Röntgengerät genau beobachten, was besonders bei der Erdbebenvorhersage von grundlegender Bedeutung ist.
Wie die Polizei berichtet, waren die Täter gegen Mittag in den Garten des Hauses eingedrungen und hatten das ›Hörende Auge‹ aus dem Arbeitszimmer gestohlen.

›Das ist ein schwerer Schlag für mich‹, sagte Prof. Frazier im Gespräch mit der Los Angeles Gazette. ›Zum Glück besitze ich die Pläne und Aufzeichnungen noch, aber es wird lange dauern, bis ich ein neues Gerät zusammengebaut habe.‹ Sechs Jahre lang habe er an dem ›Hörenden Auge‹ gearbeitet.
Laut Angaben eines Tankwarts aus Brestow handelt es sich bei den mutmaßlichen Tätern um drei männliche Jugendliche zwischen 16 und 18 Jahren, die einen gelben Kleinwagen fuhren und sich kurz vor der Tat bei ihm nach dem Haus von Prof. Frazier erkundigt hatten. Der Chefredakteur der ›Brestow Desert News‹, der sich mit den mutmaßlichen Tätern kurz unterhalten hatte, lieferte eine genaue Beschreibung. Sachdienliche Hinweise nimmt jede Polizeidienststelle entgegen.«

»Und dieser Professor Frazier ist der wirkliche Erfinder des ›Hörenden Auges‹«, sagte Bob. »Ich habe im Internet geforscht. Er ist ein sehr bekannter Seismologe und seit vielen Jahren in der Erdbebenforschung tätig. Er hat diverse Bücher zur Möglichkeit der Erdbebenvorhersage veröffentlicht.«
»Das ist wirklich toll«, sagte Peter wütend. »Ich komme mir wie ein Vollidiot vor. Wir wussten, dass da irgendwas nicht stimmte, und haben uns trotzdem darauf eingelassen! Und ich kapiere das einfach nicht! Warum hat Granville uns für seinen miesen Plan benutzt? Was soll das alles?«
»Wir werden es herausfinden«, sagte Justus entschieden.
»Und zwar schnell«, sagte Bob. »Bevor sich irgendjemand

für den ›gelben Kleinwagen‹ draußen vor dem Tor interessiert.«

»Ich fasse mal zusammen«, sagte Justus. »Winston Granville benutzt uns, um eine Erfindung *zurück*zuholen, die er gar nicht gemacht hat. Sein Bruder Matthew weiß davon nichts, weiß aber genau über Winstons Methoden Bescheid, mit denen er uns angelockt hat. Und Winston soll wiederum nicht wissen, dass Matthew und ein bisher unbekannter Helfer einen Flugschreiber verstecken, der in die Hände der Polizei oder der Luftsicherung gehört. Mir will einfach nicht klar werden, wie das zusammenhängt. Das Einzige, wobei ich mir ziemlich sicher bin, ist, dass nicht Winston, sondern Matthew Granville die Fäden in dieser Sache zieht. Und jetzt lasst uns mal überlegen. Angenommen, einer von euch käme an die Absturzstelle eines Flugzeuges und würde einen Flugschreiber finden. Was würdet ihr damit machen?«

»Ich würde ihn bei der Polizei abliefern«, sagte Peter.

»Und wozu?«

»Damit die Polizei das Gerät an die Flugsicherung oder wen auch immer weitergibt, die dann anhand der Daten rekonstruieren kann, was vor dem Absturz im Flugzeug passiert ist.«

»Und was gäbe es für einen Grund, den Flugschreiber nicht abzugeben?«

»Eigentlich gar keinen«, sagte Bob. »Es ist einfach nur eine Schweinerei. Vor allem, wenn jemand bei dem Absturz ums Leben gekommen ist.«

»Könnte es nicht doch einen Grund geben?«, fragte Justus hartnäckig weiter.

»Welchen zum Beispiel?«, fragte Peter. »Ich kann mir keinen vorstellen.«
»Was passiert denn, wenn man das Gerät nicht abgibt oder es nicht gefunden wird?«
»Dann können die Daten eben nicht gelesen werden.«
»Und welchen Grund könnte jemand haben, genau das zu wollen – dass sie eben nicht gelesen werden?«
»Hm«, machte Bob. »Vertuschung? Auf dem Band ist etwas, das er nicht bekannt werden lassen will?«
»Das muss aber schon etwas sehr Übles sein«, sagte Peter. »Ich meine – das Flugzeug stürzt ab, ein Mensch stirbt! Wer wäre denn so krank, etwas zu unterschlagen, das bei der Rekonstruktion des Unfalls helfen könnte?«
»Jemand, der nicht will, dass der Unfall genau rekonstruiert wird«, sagte Justus langsam. »Jemand, der nicht will, dass die letzten Gespräche der Piloten oder die letzten Daten der Maschine bekannt werden.«
Sie wechselten unbehagliche Blicke. Eine seltsame Kälte schien sich in der überhitzten Zentrale auszubreiten.
»Wisst ihr was«, sagte Peter. »Es könnte interessant sein herauszufinden, wer Matthew Granville ist. Oder besser – wer er vor fünfzehn Jahren war und inwieweit er mit dem Flugzeugabsturz zu tun hatte.«

Das Telefon klingelte. Justus nahm den Hörer ab. »Justus Jonas von den drei Detektiven? Ah, Mr Andrews! Ja, Bob ist hier. Augenblick, ich reiche Sie weiter!«
Er gab den Hörer an Bob weiter, der den Lautsprecher einschaltete. »Dad? Hast du die Informationen?«

»Natürlich«, klang die Stimme von Mr Andrews aus dem Verstärker. »Willst du mir eigentlich auch verraten, warum ihr euch plötzlich für Flugzeugabstürze aus dem vergangenen Jahrhundert interessiert?«

»Äh – das ist für die Schule, Dad.«

»Natürlich. Wie immer. Ihr lernt so sagenhaft viel für die Schule, dass ich mich frage, wieso eigentlich immer nur Justus die guten Noten absahnt.«

»Dad«, flehte Bob. »Kannst du uns nicht bitte einfach sagen, was du herausgefunden hast?«

Mr Andrews lachte. »Schon gut, ich wollte dich nur ein bisschen aufziehen. Also, bei dem Flugzeug handelte es sich um eine A-7 Corsair II der Air Force. An Bord waren zwei Piloten. Einer hieß Colin Carrington und kam aus Santa Clarita bei Los Angeles, der andere war ein Matt Fairweather aus West Virginia. Carrington kam bei dem Unfall ums Leben, weil sein Schleudersitz nicht ausgelöst wurde. Fairweather wurde erst zwei Tage später gefunden, als er völlig entkräftet in der Wüste herumlief. Er hatte wohl einen schlimmen Schock erlitten und konnte sich kaum an die letzten Tage erinnern. Zum Unfallhergang konnte er nichts sagen. Er kam für ein paar Wochen ins Krankenhaus und flog dann wieder. Vor vier Jahren wurde er aus dem Militärdienst entlassen. Ich konnte nicht herausfinden, was aus ihm geworden ist. Wahrscheinlich ist er zurück nach West Virginia gegangen. So. Hilft euch das weiter?«

»Ja, Dad, vielen Dank! Bis heute Abend!« Bob legte auf und drehte sich zu Justus und Peter um. »Stimmt das? Hilft es uns wirklich weiter? Es war ja gar nicht Matthew Granville!«

»Der Vorname ist aber ähnlich«, meinte Peter. »Matt ist ja die Kurzform von Matthew.«
»Du meinst, er könnte seinen Namen geändert haben?«
»Wenn er etwas zu verbergen hatte, dann könnte ich mir das sehr gut vorstellen.«
»Ich auch«, sagte Justus. »Und wenn unser Matthew Granville wirklich dieser Matt Fairweather ist, dann hatte er ja auch etwas zu verbergen, nämlich den Flugschreiber. Aus welchen Gründen auch immer.« Er knetete an seiner Unterlippe und überlegte. »Es wird uns wohl nichts anderes übrig bleiben, als noch einmal nach Brestow zu fahren.«
»Und da werden wir sofort wegen Einbruchdiebstahls eingebuchtet«, sagte Bob. »Sehr empfehlenswert! Der Tankwart und dieser Chefredakteur erkennen uns doch sofort wieder! Wahrscheinlich hat sich der Tankwart auch noch unser Kennzeichen gemerkt!«
»Das Risiko müssen wir eingehen. Wir werden eben nicht mitten durch den Ort fahren, sondern außen herum. Und dann reden wir mit Professor Frazier.«
»Und dann?«
»Dann«, sagte Justus grimmig, »holen wir dieses verflixte ›Hörende Auge‹ zurück.«
Die Fahrt nach Brestow schien ewig zu dauern, aber als sie schließlich vor dem Haus von Professor Frazier standen, hätten sie den Besuch gerne noch ein wenig hinausgeschoben. Endlich fasste sich Justus ein Herz und klingelte.
Der Mann, der ihnen die Tür öffnete, war genauso klein und rundlich, wie die Granville-Brüder groß und hager waren. Er hatte ein freundliches Mondgesicht unter einem

Schwung semmelblonder Haare, trug ein bunt gemustertes Hemd und helle Shorts. Eigentlich sah er recht freundlich aus, schaute aber ärgerlich drein. »Ja bitte?«

»Professor Frazier?«, fragte Justus.

»Ja, das bin ich. Was kann ich für euch tun? Wer seid ihr?«

»Mein Name ist Justus Jonas. Das hier sind meine Kollegen Peter Shaw und Bob Andrews. Wir sind Detektive. Darf ich Ihnen unsere Karte zeigen?«

Überrascht nahm der Professor die Karte entgegen. »Das ist ja sehr interessant. Detektive? Seid ihr dafür nicht ein bisschen zu jung?«

»Durchaus nicht«, sagte Justus, dessen Sicherheit beim Austausch der altbekannten Floskeln zurückkehrte. »Wir haben der Polizei von Rocky Beach schon manchen guten Dienst erwiesen und Fälle gelöst, an denen erfahrenere Leute gescheitert sind. Hier –«, er zog eine zweite Karte heraus, »diese Karte weist uns als ehrenamtliche Mitarbeiter der Polizei von Rocky Beach aus. Unterschrieben ist sie von Kommissar Reynolds.«

»Interessant«, wiederholte der Professor. »Und wozu soll ich mir nun all eure Referenzen anschauen?«

»Wir hoffen, dass Sie sich dadurch von unserer Aufrichtigkeit überzeugen lassen. Wir möchten Ihnen anbieten, Ihnen bei der Wiederbeschaffung des ›Oculus Audiens‹ behilflich zu sein.«

Das rundliche Gesicht des Professors verzog sich bitter. »Das ist nett von euch, Jungs, aber ich glaube kaum, dass ihr mir da helfen könnt.«

Justus holte tief Luft. »Ich glaube doch, Sir. Wir haben nämlich sozusagen schon eine Spur. Wir wissen, wer Ihnen das Gerät gestohlen hat.«

Die Augenbrauen des Professors wanderten in die Höhe. »Ach nein. Und wer?«

Justus räusperte sich. »Wir.«

Ärgerlich sagte der Professor: »Hört mal, für solche Scherze fehlt mir gerade der Humor. Was soll dieser Blödsinn?«

»Leider ist es kein Blödsinn. Wir sind beauftragt worden, Ihnen das Gerät zu – hm – entwenden.«

»Dann seid ihr aber reichlich dreist, hier wieder aufzukreuzen.« Sein Blick wurde noch finsterer. »Was wollt ihr – Lösegeld? Soll das eine Erpressung werden? Damit das klar ist, ich lasse mich auf keine Spielereien ein!«

»Nein, es ist keine Erpressung. Es handelt sich um ein äußerst unerfreuliches Missverständnis. Dürfen wir vielleicht hereinkommen, um Ihnen die ganze Sache zu erklären?«

»Ich sollte eher die Polizei rufen!« Aber er trat zur Seite und ließ die drei ??? herein.

Das Haus war sachlich und modern eingerichtet, eher ein Büro als ein Wohnhaus, und das Wohnzimmer, in das der Professor seine Besucher führte, sah – bis auf die sechs Bücherregale an den Wänden – wie der Empfangsraum einer Firma aus. Einen größeren Gegensatz zu der dunklen, verwohnten Höhle der Granvilles konnte man sich kaum denken.

»Setzt euch«, sagte Professor Frazier knapp, hockte sich selbst auf den Bürostuhl am Schreibtisch und schaute die drei ??? auffordernd an. »Also? Ich höre.«

»Die Sache ist so«, sagte Justus, während sie sich auf dem

Sofa niederließen. »Wir wurden von einem Erfinder namens Winston Granville beauftragt, ihm bei der Wiederbeschaffung des Gerätes zu helfen. Er behauptete, er sei ein Polymath und habe das ›Hörende Auge‹ selbst erfunden, aber es sei ihm gestohlen worden. Und er nannte Sie als möglichen Verdächtigen.«

»Granville beschuldigte mich?«, sagte Professor Frazier. »Das ist ja ein starkes Stück. Also seid ihr einfach hergekommen und habt mir das Gerät aus dem Arbeitszimmer geklaut?«

Justus nickte betreten und erzählte ihm die ganze Geschichte von Anfang an, nur den Fund im Keller ließ er aus. »Und dann erfuhren wir heute, dass nicht Granville, sondern Sie der Erfinder sind, und deshalb kamen wir her.«

»Soso«, sagte Professor Frazier. »Diese Geschichte ist so verrückt, dass ich sie vielleicht sogar glauben könnte. Und sie passt sogar zu Granville – weniger zu Winston als vielmehr zu seinem Bruder Matthew. Winston ist paranoid und albern, aber Matthew hat durchaus das Zeug dazu, sich einen solchen miesen Trick auszudenken.«

»Also ist Winston Granville gar kein Erfinder?«, fragte Bob. »Aber er hatte doch haufenweise seltsame Dinge in seinem Arbeitszimmer, und der Tankwart sagte, er hätte dauernd Ideen zur, äh, Stadtverschönerung …«

»Winston Granville könnte nicht einmal einen Korkenzieher erfinden!«, sagte der Professor verächtlich. »Oh, natürlich erfindet er andauernd irgendetwas – zum Beispiel den solarbetriebenen Sessel, das Sicherheitsschloss aus Gummi oder den essbaren Teller. Aber wenn man von ihm verlangen würde, etwas Sinnvolles zu erfinden, wäre er so hilflos wie eine Kuh beim Stricken. Er ist so wenig ein Polymath wie ich.«

»Dann ist auch das ›Hörende Auge‹ gar nicht seine Erfindung?«, fragte Peter. »Aber er hat gesagt –«

»Dass er es gesagt hat, glaube ich gerne.« Der Professor schnaubte. »Und wahrscheinlich glaubt er es sogar. Tatsächlich war es seine Idee. Vor einigen Jahren tauchte er auf einer Erfindermesse auf und belästigte mich mit einem ganzen Haufen unausgegorener Ideen. Viele davon betrafen nicht einmal die Erdbebenforschung. Aber etwas, das er sagte, beschäftigte mich weiter und daraus entwickelte ich das ›Hörende Auge‹. Damit bin ich der Erfinder, nicht er. Es haben sich nämlich zum Beispiel auch viele Leute über unzureichendes Kerzenlicht beklagt, aber erst Edison hat die Glühbirne erfunden.«

»Kannten Sie Granville schon früher?«, fragte Justus.

»Nein. Bei der Messe sah ich ihn zum ersten Mal. Schade, dass es nicht auch das letzte Mal war.«

»Wo fand diese Messe denn statt?«

»In Pittsburgh, Pennsylvania.«

»Nicht in West Virginia?«

»Junger Mann«, sagte der Professor mit einer Stimme, die sonst nur Peter von seinen Lehrern kannte, »ich bin noch nicht senil. Ich meine Pittsburgh, Pennsylvania. Das ist das einzige Pittsburgh, das ich kenne. Vielleicht solltest du deine Geografiekenntnisse mal ein wenig auffrischen.«

Justus, anerkanntes Genie und Jahrgangsbester in Geografie, zuckte nicht mit der Wimper. »Ja, Sir. Ich wollte nur ganz sichergehen.«

»Woher wusste Granville denn eigentlich, wie das Gerät aussieht?«, warf Peter ein, um die Situation zu entschärfen.

»Er hat es vor drei Wochen gesehen, als er mich besuchte«, antwortete Frazier. »Und ich habe ihm sogar gesagt, dass mir seine Idee von damals keine Ruhe gelassen hätte, bis ich daranging, das Gerät zu bauen. Da wurde er schon sehr böse und beschuldigte mich, ihn bestohlen zu haben. Ich gab natürlich nichts darauf – solche Streitigkeiten gibt es andauernd. Aber nun stehe ich mit leeren Händen da.«

»Was mich zu der Frage bringt, die ich schon die ganze Zeit stellen möchte«, sagte Justus. »Was ist das ›Hörende Auge‹? Es hätte mir schon auffallen müssen, dass Granville mir diese Frage nicht beantworten wollte – wahrscheinlich konnte er es gar nicht.«

»Es ist eine Art Funkgerät«, antwortete Frazier. »Das grundlegende Prinzip ist sehr einfach: Es sendet Signale aus und gibt anhand der Echos ein genaues Bild der Umgebung wieder. Das ist nichts Neues. Neu ist nur, dass diese ganz speziellen Strahlen, die ich entdeckt habe, auch die Erde durchdringen können. Es ist wie ein Röntgengerät für die Erde und dadurch natürlich von größter Wichtigkeit für alle Forschungen, die mit den tiefer liegenden Schichten der Erde zu tun haben. Das Gerät ist selbstverständlich noch in der Erprobungsphase, aber ich hatte gehofft, es meinen Kollegen in Kürze vorstellen zu können. Mit einer weiterentwickelten Version kann man eines Tages auch die Spannung innerhalb der Erde messen. Bei erhöhter Spannung steigt die Wahrscheinlichkeit, dass es bald zu einem Erdbeben kommen wird. Und ihr wisst ja selbst, wie wichtig das gerade für Kalifornien ist.«

»Und Granville gönnt Ihnen nun den Triumph nicht«, meinte Bob.

»Wahrscheinlich«, erwiderte Frazier. »Dabei weiß er gar nichts über die Funktion des Geräts. Er wollte nur wissen, ob man damit auch Bodenschätze finden könnte. Er hörte mir gar nicht zu, als ich versuchte ihm zu erklären, dass ich seine ursprüngliche Idee für meine Zwecke verändert hatte. Ich kam gar nicht dazu, ihm zu erklären, was das ›Hörende Auge‹ nun tatsächlich tut.«

»Hm«, meinte Justus. »Wissen Sie zufällig auch etwas über Matthew Granville?«

»Nur, dass er sich darin gefällt, für seinen Bruder den Butler zu spielen. Ich habe ihn nur zwei- oder dreimal gesehen. Aber ich hatte immer den Eindruck, als sei er nicht nur erheblich klüger als sein Bruder, sondern auch sehr darum bemüht, das weder Winston noch jemand anderen merken zu lassen. Ich habe keine Ahnung, warum er das tut.«

»Aber Sie sagten, dass Sie Matthew zutrauen würden, mit seltsamen Tricks zu arbeiten«, sagte Bob. »Was könnte er denn vorhaben? Ich meine, was hat er davon?«

»Ich habe keine Ahnung«, sagte Professor Frazier. »Winston ist einfach zu durchschauen – er möchte ein genialer Erfinder sein und ist doch nur ein armer Stümper. Was in Matthew Granvilles Kopf vorgeht, weiß ich nicht und möchte ich auch gar nicht wissen. Und jetzt gerade interessiert mich nur eins: Ich will mein ›Oculus Audiens‹ zurückhaben.« Er stand auf. »Also fahren wir nach Rose Hall.«

»Sie wollen selbst hinfahren, Sir?«, fragte Justus.
»Selbstverständlich. Ich habe den Herren Granville einiges zu sagen. Auch wenn Sie es nicht gerne hören werden.«
»Und was ist mit uns?«, fragte Peter.
»Ihr kommt natürlich mit. Und einer von euch fährt in meinem Wagen. Ich glaube euch zwar, dass euch die ganze Sache leidtut, aber einfach abhauen lasse ich euch nicht.«
Die drei ??? wechselten Blicke, aber es war ihnen klar, dass sie ihm das Misstrauen nicht wirklich verdenken konnten. Justus nickte. »Ich fahre mit Ihnen, Sir. Wir möchten auch sehr gerne wissen, was da vor sich geht. Aber eine Frage habe ich noch. Wissen Sie etwas über den Absturz eines Militärflugzeuges hier in der Gegend vor fünfzehn Jahren?«
Verblüfft schaute der Professor ihn an. »Wie bitte? Was hat das denn mit meiner Erfindung zu tun?«
»Vielleicht nichts«, sagte Justus. »Wohnten Sie damals schon hier?«
»Ich habe mein ganzes Leben in Brestow verbracht. Ja, natürlich weiß ich von dem Absturz. Es war dort hinten.« Er zeigte auf die Berge im Westen. »Eine riesige schwarze Wolke. Ganz Brestow ist dort hingefahren, aber retten konnte man natürlich nichts mehr. Ich glaube, einer der Piloten starb. Warum interessiert euch das?«
»Könnte man Wrackteile mit Hilfe des ›Hörenden Auges‹ finden?«
»Vielleicht, aber da sind keine mehr. Bei solchen Unfällen ist die Spurensicherung sehr gründlich. Die übersehen nichts. Und jetzt würde ich gerne fahren.«

Kurz darauf rumpelten sie in einer großen Staubwolke durch die Wüste nach Rose Hall. Das große dunkle Haus stand wie ein Fremdkörper im gleißenden Sonnenlicht. Das Doppeltor zu einem der Nebengebäude war offen und vor dem Haus stand ein altersschwacher grauer Wagen.
»Sie scheinen Besuch zu haben«, sagte Professor Frazier zu Justus. »Nun gut, dann müssen wir die Angelegenheit eben vor Zeugen besprechen. Vielleicht ist es ganz gut so.«
Sie stiegen aus und gingen zur Tür. Professor Frazier klingelte energisch.
Im Haus rührte sich nichts. Der Professor runzelte die Stirn und klingelte noch einmal.
Als sich auch weiterhin nichts tat, sagte Peter: »Wir könnten mal durch das Fenster im Arbeitszimmer gucken.«
»Darin habt ihr schon Übung, was?« Aber der Professor nickte. »Sehen wir uns mal um.«
Sie gingen um das Haus herum. Das Fenster stand offen, aber drinnen sah es anders aus als zuvor. Mehrere der seltsamen Gegenstände und eine ganze Menge Bücher waren verschwunden. Der Arbeitsstuhl war umgekippt, und als Bob durch das Fenster griff und den Kaffeebecher herausholte, war die Flüssigkeit darin zu einer stinkenden gelblichbraunen Masse verklumpt. Er stellte den Becher zurück.
Justus ging zu dem offen stehenden Schuppen. »Das war eine Garage, aber der Wagen ist weg. Könnte es der sein, der vor dem Haus steht?«
Professor Frazier schüttelte den Kopf. »Nein. Die Granvilles haben einen uralten Pick-up. Offenbar sind sie nicht da. Aber ich verstehe nicht …«

»Ich dachte, Matthew Granville wäre immer da?«, sagte Peter. »Wem gehört denn dann der graue Wagen vor dem Haus?«, fragte Bob.
Sie kehrten zu dem Auto zurück. Es schien schon länger hier zu stehen; die der Sonnenhitze ausgesetzte Kühlerhaube war zwar heiß, aber als Justus den im Schatten liegenden Auspuff berührte, fühlte er sich kühl an.
Professor Frazier ging zur Haustür. Diesmal ließ er den Finger eine halbe Minute lang auf der Klingel. Das schrille Geräusch klang laut durch die Stille der Wüste.
»Wartet mal!«, sagte Peter plötzlich. »Ich glaube, ich habe etwas gehört. Irgendeinen dumpfen Ton …«
Sie lauschten, aber alles blieb still.
»Das war's dann wohl«, sagte Professor Frazier finster. »Die Halunken sind über alle Berge. Und mein ›Hörendes Auge‹ auch. Sechs Jahre Arbeit zum Teufel. Ich werde dann jetzt wohl zur Polizei gehen und die Granvilles anzeigen.«
»Sir«, sagte Justus, »uns liegt ebenso viel wie Ihnen daran, Ihre Erfindung zurückzuholen. Dürfen wir es versuchen?«
»Ja«, sagte Professor Frazier. »Aber ehrlich gesagt glaube ich nicht, dass es einen Sinn hat. Hört zu. Ich glaube euch, dass ihr nicht wusstet, was hier gespielt wird, und deshalb gebe ich euch eine Chance. Versucht es! Findet die Granvilles und nehmt ihnen das ›Oculus Audiens‹ wieder ab! Aber wenn ihr in drei Tagen noch nichts herausgefunden habt, möchte ich, dass ihr mit mir zur Polizei geht und dort eure Aussage macht. So, und jetzt fahre ich. Justus, soll ich dich nach Brestow zurückbringen?«
»Nein, vielen Dank«, sagte Justus. »Wir sehen uns hier noch

ein wenig um und dann klemmt sich Peter wieder hinten in den Käfer. Das passt schon.«

Peter verzog das Gesicht. »Vielleicht sollte ich auch einfach mal dreißig Kilo zunehmen, dann könnte ich auch gemütlich vorne sitzen, statt mir hinten alle Knochen zu verbiegen.«

Der Professor grinste ein wenig, kletterte in sein Auto und fuhr davon. Die drei ??? blieben allein zurück.

Als das ferne Brummen des Motors verstummt war, hörten sie den Schrei. Leise, gedämpft, wie unter der Erde.

»Hilfe!«

Rose Hall

»Schnell!«, rief Justus.

Sie rannten um das Haus herum, Peter und Bob kletterten gewandt durch das Fenster zum Arbeitszimmer und zogen Justus mit vereinten Kräften hinterher. Dann liefen sie in den dämmerigen, kühlen Flur des großen Hauses. »Hallo?«, rief Justus. »Wer ist da? Wo sind Sie?«

»Hilfe!«, erklang es gedämpft durch die Kellertür. »Nicht wegfahren! Holt mich hier raus!«

Peter rüttelte an der Tür, aber sie war abgeschlossen. »Ich hole meine Dietriche«, sagte er und rannte zur Haustür.

»Hilfe!«, schrie der Mann im Keller wieder.

Justus klopfte an die Tür. »Es dauert noch einen Moment. Wer sind Sie? Mr Granville?«

»Verflixt, nein! Wenn ich Granville erwische, drehe ich ihm den Hals um!«

Peter kam zurück, verteilte Taschenlampen und schob den Dietrich ins Schloss. Vorsichtig stocherte er darin herum, dann klickte etwas und er drehte den Dietrich um. Gleich darauf war die Tür offen.

Die drei ??? schalteten die Taschenlampen ein und stiegen die Treppe hinunter.

In dem Raum mit der Grube bot sich ihnen ein erschreckender Anblick: von dem eingesperrten Mann war nichts zu sehen als sein Kopf. Jemand hatte ihn in die Grube ge-

steckt und bis zum Hals eingegraben. Seine kurzen braunen Haare waren sandverdreckt.
Im Licht der Lampen kniff er geblendet die Augen zu. »Wer seid ihr? Hilfe! Holt mich hier raus!« Jetzt erkannten sie auch die Stimme: Es war der Mann, der Matthew Granville geholfen hatte die Kiste zu vergraben. Er war etwa dreißig Jahre alt, hatte einen deutlichen Bartschatten und trug einen kleinen silbernen Stecker im linken Ohr.
Bob griff nach der Schaufel, aber Peter nahm sie ihm weg. »Lass mich das machen«, sagte er rau. »Ich bin schneller.«
Vorsichtig begann er zu graben. Als er genug Erde beiseitegeschaufelt hatte, gruben sie alle drei mit den Händen weiter, um den Mann nicht zu verletzen. Er selbst konnte ihnen nicht helfen und sie sahen auch bald, warum nicht: seine Hände waren mit einem Strick auf den Rücken gefesselt. Bob zückte sein Taschenmesser und schnitt die Fesseln durch.
Sie gruben den Mann vollständig aus und halfen ihm aus der Grube. Erschöpft und verdreckt hockte er auf dem Boden und versuchte die Finger zu bewegen. »Danke«, sagte er heiser. »Danke! Ohne euch wäre ich hier unten elend zu Grunde gegangen. Niemand kommt je hierher.«
»Wer sind Sie?«, fragte Justus, während Peter die Treppe hochsprintete, um dem Mann ein Glas Wasser zu bringen. »Wer hat Ihnen das angetan?«
»Wer schon?«, sagte der Mann bitter. »Matthew Granville, dieser verfluchte Mistkerl. Und ihr könnt mich Smithy nennen.«
»Ist das Ihr richtiger Name?«

»Natürlich nicht.« Smithy verzog das Gesicht zu einem humorlosen Grinsen. »Aber er tut's. Und wer seid ihr? Nein, wartet.« Er kniff die Augen zusammen und schaute sich Justus und Bob genau an. »Ich hab's. Ihr seid diese Jugendbande, die Matthew angeheuert hat, um die Maschine zu klauen, richtig?« Bob schnappte nach Luft. Justus sagte: »Von einem gewissen Standpunkt aus gesehen trifft diese Annahme wohl zu. Allerdings sind wir eigentlich Detektive und wir wurden von Winston Granville angeheuert, nicht von Matthew.«

»Winston? Der kann doch noch nicht mal einen Tankwart anheuern, ihm Benzin zu verkaufen. Nee, Jungs, ich weiß nicht, was man euch erzählt hat, aber der Kopf dieses Unternehmens ist Matthew, der heimtückische Mistkerl.«

»Was ist denn passiert?«, fragte Bob.

Smithy hustete. Peter kam mit einem Glas Wasser zurück und hielt es ihm hin. Er nahm es, nickte dankbar und trank gierig. Dann stellte er es auf den Boden und wischte sich den Mund ab. »Der Kerl hat mich reingelegt. Hinters Licht geführt wie einen Anfänger! Hat gesagt, ich sollte ihm helfen, hier was auszugraben …«

»Die Kiste«, sagte Justus.

»Das wisst ihr? Woher? Ach, egal. Jedenfalls habe ich es gemacht, wurde ja dafür bezahlt. Und als sie draußen war, hat er mich mit der verdammten Schaufel niedergeschlagen und gefesselt! Als ich zu mir kam, grub er mich gerade ein. Ich habe ihn angeschrien, was zum Teufel das soll, aber er hat bloß gesagt, ich könnte froh sein, dass mein Kopf noch rausguckt. Und dann hat er die Kiste mitgenommen und ist gegangen.«

»Sie sollten zur Polizei gehen«, sagte Justus.

Smithy lachte heiser. »Ich? Junge, wenn ich zur Polizei gehe, wechsle ich für unbestimmte Zeit meinen Hauptwohnsitz. Das tue ich zwar öfter, aber ich bestimme lieber selbst, wann es Zeit für den täglichen Ausgang ist. Nee, ich bin froh, wenn ich so wenig Polizei wie möglich sehe.«

»Aber Granville hat versucht Sie umzubringen! Schon in Ihrem eigenen Interesse sollten Sie bei seiner Ergreifung helfen.«

»Nee, danke. Die einzige Ergreifung, bei der ich der Polizei helfen könnte, wäre meine eigene, und darauf bin ich gerade nicht so scharf. Helft ihr mir mal hoch?«

Sie standen auf und zogen ihn gemeinsam hoch. Er war nicht besonders groß und eher schmächtig, und sie stützten ihn, bis er wieder aus eigener Kraft stehen konnte.

»Smithy«, sagte Justus, »uns hat er auch reingelegt und jetzt glaubt die Polizei, wir seien Diebe.«

»Ja, das ist seine Spezialität«, nickte Smithy. »Matthew Granville zieht die Fäden im Hintergrund. Immer bringt er andere dazu, seine Drecksarbeit zu erledigen, und wenn dann die Polizei kommt, spielt er den tugendhaften Hausmann.« Er spuckte Sand aus. »Der liefert noch seinen eigenen Bruder ans Messer, wenn es so weit ist.«

»Wissen Sie denn, was er vorhat?«, fragte Peter.

Smithy verzog den Mund. »Nee, das sage ich euch nicht. Danke, dass ihr mich gerettet habt und so weiter, aber ich bin draußen. Zwei Nächte in diesem Loch haben mir gereicht und ich will diesem Kerl nicht noch einmal über den Weg laufen. Ich hänge nämlich zufällig an meinem Leben. Und ihr solltet euch auch lieber da raushalten.«

»Keineswegs«, antwortete Justus. »Matthew Granville gehört hinter Gitter.«

»Na schön.« Der kleine Mann zuckte die Achseln. »Macht, was ihr wollt – ist ja euer Leben. Also, wenn ihr Antworten haben wollt, kann Rose Hall euch alles sagen, was ihr wissen wollt.«

»Das Haus?«, fragte Peter.

Smithy nickte.

»Smithy«, sagte Justus, »was wissen Sie über den Flugschreiber, der in der Kiste war?«

Der Mann zuckte zusammen. »Wie? Woher wisst ihr – was für ein Flugschreiber?«

»Ein verbranntes und verbeultes Gerät, das sich in dieser Kiste befand. Geben Sie sich keine Mühe, es zu leugnen, wir haben es alle drei gesehen.«

»So, habt ihr das«, murmelte Smithy. »Wann und wie?«

»Unwichtig. Was wissen Sie darüber?«

»Gar nichts. Er stand jahrelang in einem der Zimmer im Schrank und staubte vor sich hin. Und dann rief Matthew mich am Freitagabend plötzlich an und wollte, dass ich ihm helfe das Ding im Keller zu vergraben.«

»Warum wollte er es nicht alleine machen?«

»Weil er nicht daran gewöhnt ist, im Dreck zu wühlen. Das ist mein Job.« Smithy grinste ein wenig verzerrt. »Genauer: Es *war* mein Job. Ich glaube, ich habe hier unten meine Kündigung bekommen.«

»Woher hatte er den Flugschreiber? Aus dem vor fünfzehn Jahren abgestürzten Flugzeug? Warum hat er ihn nicht der Polizei übergeben?«
»Darüber weiß ich gar nichts. Und jetzt lasst mich durch. Ich will hier raus.«
»Smithy, wenn Sie uns helfen, können wir vor Gericht für Sie aussagen.«
»Vor Gericht?« Der Mann lachte. »Was könnt ihr mir vorwerfen? Dass Granville mich hier eingebuddelt hat, ist doch wohl nicht *mein* Verbrechen, oder? Ich habe ein paarmal den Fremdenführer gespielt, das ist alles. Nee, Jungs, ihr braucht nicht für mich auszusagen, weil ich nämlich nicht vor Gericht gehe. Und wenn ihr mich hier festhalten wollt, dann versucht es mal, aber verabschiedet euch vorher von euren Zähnen. Ich lasse mich nicht noch mal lebendig in diesem Höllenloch begraben!«
Er machte einen Schritt auf die Tür zu und Peter trat ihm in den Weg: bedauernd, aber entschlossen. Smithy blieb wieder stehen. »Verdammt, Jungs, was soll das? Lasst mich gehen, okay? Ich haue sowieso nicht ab – wenn die Polizei mich unbedingt finden will, findet sie mich. Ich bin immer hier in der Gegend. Wir müssen uns doch jetzt nicht prügeln, oder?«
Justus überlegte und sagte endlich: »Also gut, wir lassen Sie laufen.«
»Was?«, fragte Smithy überrascht. »Wirklich?«
Justus nickte. »Ich weiß nicht, wieso, aber ich halte Sie für weitestgehend ehrlich. Lass ihn vorbei, Peter.«
Peter ließ die Fäuste sinken und trat zur Seite. »Danke,

Jungs«, sagte Smithy ergriffen. »Das vergesse ich euch nicht.« Er schob sich an Peter vorbei, stieg ein wenig mühsam die Treppe hoch und war weg.

»Rose Hall«, murmelte Bob. »Wisst ihr was? Ich fahre ins Stadtarchiv. Brestow hat bestimmt eine Bücherei. Da sehe ich mich mal um, vielleicht finde ich ja etwas über das Haus.«

»Gute Idee.« Justus nickte. »Lass dich nicht verhaften! Peter und ich sehen uns währenddessen noch ausführlicher hier um. Vielleicht haben die Granvilles ja doch ein paar Hinweise hinterlassen.«

Bob fuhr ab und sie machten sich auf die Suche, wobei sie ständig nach draußen horchten, ob die Brüder nicht doch plötzlich zurückkamen.

Ein paar der Türen waren immer noch abgeschlossen, aber Peter öffnete sie mit dem Dietrich. Viel gab es nicht zu sehen. Von den zwölf Zimmern des großen Hauses waren nur vier tatsächlich bewohnt: Winston Granvilles Arbeitszimmer, zwei Schlafzimmer und ein Wohnraum. Alle anderen Zimmer standen – wohl schon seit Jahrzehnten – leer. Die bewohnten Zimmer waren hastig und lieblos möbliert worden und alle Möbel waren so alt und zerschlissen, als hätten die Granvilles sie im Keller gefunden und nur abgestaubt, bevor sie sie aufstellten. Die Schränke in den Schlafzimmern waren leer. Als die drei ??? das Zimmer im zweiten Stock betraten, in dem sie geschlafen hatten, sahen sie, dass die Granvilles nicht einmal die Matratzen weggeräumt hatten.

Im ganzen Haus gab es weder Bilder noch den geringsten

Versuch einer Verschönerung. Es gab weder persönliche Gegenstände noch den geringsten Hinweis auf die Bewohner. Nur die Küche war sauber und penibel aufgeräumt und Winstons Arbeitszimmer wäre – ohne die klaffenden Lücken in den Bücherregalen und auf den drei Tischen – sogar beinahe gemütlich gewesen.
»Weißt du was?«, sagte Peter, als sie wieder unten im Flur auf den geschrubbten grauen Steinfliesen standen. »Ich habe das Gefühl, die hatten nie vor, hier sehr lange zu wohnen. Und sie sind sofort abgehauen, nachdem sie die Maschine hatten.«
Justus nickte. »Ich frage mich, wieso Smithy meinte, das Haus würde uns alles verraten. Lass uns noch einmal in den Keller gehen. Vielleicht haben wir etwas übersehen.«
Sie durchsuchten den Keller, fanden aber nichts. Enttäuscht stiegen sie die Treppe wieder hoch und gingen noch einmal in Winston Granvilles Arbeitszimmer. Justus schaute sich um – und stutzte. Etwas an Winstons Schreibtisch fiel ihm auf. Er ging näher heran und erkannte eine Reihe von Buchstaben, die mit schwarzem Filzstift auf den Tisch geschrieben waren.

JHIDKU IRUW FDUULQJWRQ JHKHLPJ

»Sieh mal einer an«, sagte Peter, der ihm über die Schulter schaute. »Schon wieder Cäsar?«
Justus rechnete die ersten Zeichen um und nickte. »Diesmal ohne irgendwelche Schnörkel – er muss es sehr eilig gehabt haben.«

»Und was heißt es?«
Justus zog einen Stift aus der Tasche und schrieb einen Buchstaben nach dem anderen über den verschlüsselten Text. Peters Augen wurden immer größer.
»Er hatte nicht einmal die Zeit, es zu Ende zu schreiben«, sagte Justus. »Ich glaube, Winston Granville hat endlich gemerkt, dass sein Vertrauen in seinen Bruder nicht ganz gerechtfertigt war.«
»GEFAHR FORT CARRINGTON GEHEIMG«, las Peter. »Also stimmt es – Matthew Granville hat tatsächlich etwas mit dem toten Piloten zu tun! Aber was? Und was heißt GEHEIMG – doch wohl Geheimgang? Aber hier im Haus ist keiner, wir haben doch alles gründlich durchsucht!«
»Nehmen wir uns mal die Bücher vor, die die Granvilles zurückgelassen haben«, schlug Justus vor. »Wenn Winston uns tatsächlich ohne Wissen seines Bruders einen Hinweis geben wollte, finden wir vielleicht etwas, das Matthew übersehen hat.«
»Aber er konnte doch nicht wissen, dass wir zurückkommen würden.«
»Er konnte nur hoffen, dass *irgendjemand* kommt – ebenso wie Smithy unten im Keller.«
Peter schauderte bei dem Gedanken an den gefesselten, eingegrabenen Mann. »Aber was hat dieser Matthew denn vor? Er würde doch seinem Bruder nichts antun?«
»Ich weiß nicht«, sagte Justus. »Ich kann Matthew Granville überhaupt nicht einschätzen. Und das finde ich einigermaßen besorgniserregend.«

»Mir macht es Angst«, sagte Peter mit Nachdruck. »Wir sollten zur Polizei gehen!«
»Und was sollen wir sagen? Wir haben Professor Fraziers Erfindung gestohlen, hast du das schon vergessen? Diese paar Buchstaben sind überhaupt kein Beweis, Carrington ist seit fünfzehn Jahren tot, der Flugschreiber ist weg und Smithy war ja nicht bereit, als Zeuge aufzutreten. Wir haben überhaupt nichts in der Hand!«
»Matthew Granville aber schon – eine Schrotflinte!«
Justus nickte. »Deshalb mache ich mir ja Sorgen. Hoffentlich kommt Bob bald zurück!«
Es war schon fast dunkel, als sie durch das offene Fenster den Motor von Bobs Käfer hörten. Sie warfen die Bücher hin und rannten nach draußen.
»Und?«, rief Bob, während er ausstieg. »Habt ihr etwas gefunden?«
»Möglicherweise«, antwortete Justus, führte ihn ins Arbeitszimmer und zeigte ihm den Text auf dem Tisch.
Bob zog die Brauen hoch. »Wieder mal Cäsar? Das wird ja zur fixen Idee. GEFAHR FORT CARRINGTON GEHEIMG.« Er runzelte die Stirn. »Geheimgang?«
Justus nickte. »Diese Vermutung liegt nahe.«
»Und was für eine Gefahr? Was heißt das – ›Fort Carrington?‹ Dass Carrington fort, also tot ist, wissen wir doch.«
»Ich habe keine Ahnung. Hast du denn etwas herausgefunden?«
»Und ob«, sagte Bob. »Und zwar etwas, das noch schöner ist als diese Nachricht: eine Verbindung, die von Carrington geradewegs zu Matthew Granville führt.« Er kramte eine

fotokopierte Karte und seine Notizen heraus. »Um 1852 gab es hier ein kleines Goldgräberstädtchen namens Rose Hill. In der Nähe stand ein Militärlager namens Mountain Desert Fort, das die Goldsucher gegen Indianerüberfälle schützen sollte. Allerdings waren die Soldaten mehr damit beschäftigt, Schießereien zwischen den Goldsuchern zu verhindern. Bei einem Erdbeben 1881 brach in Rose Hill ein Feuer aus, das die Stadt in Schutt und Asche legte. Danach wurde kaum mehr Gold gefunden und viele Goldsucher zogen weg. Rose Hill wurde aufgegeben. 1892 kam aber ein Gerücht von einem erneuten riesigen Goldfund in dieser Gegend auf. Ein Haufen Schatzsucher kam her – nicht um zu graben, sondern um dem Finder, einem gewissen Eliah Branson, das Gold abzujagen. Er hatte damals dieses Stück Land gekauft und das Haus Rose Hall darauf erbaut. 1896 wurde er erschossen. Angeblich hinterließ er einen Hinweis, wo das Gold zu finden sei, aber auch dieser Hinweis wurde niemals gefunden. Seine Erben verkauften das Haus. Es wurde mehrmals renoviert und weiterverkauft. Einer der Käufer hieß Samuel Carrington aus Santa Clarita, und sein Sohn, Colin Carrington, hat das Haus beim Tod seines Vaters geerbt.«

»Nein!«, rief Justus.

»Doch. Nach Colins Tod stand Rose Hall ein paar Jahre leer, bis die Granvilles es vor zwei Jahren kauften und einzogen.«

»Gold!«, sagte Peter. »Das gefällt mir als Motiv jedenfalls besser als der Blödsinn vom verkannten Universalgenie! Aber wie passt das alles zusammen?«

»Es passt – auf eine Weise, die mir absolut nicht gefällt«, sagte Justus düster. »Ich habe eine Hypothese, die sich einzig und allein auf die brutale Art und Weise stützt, mit der Matthew Granville sich seines Helfers Smithy entledigen wollte.

Nehmen wir mal an, Matthew Granville ist in Wirklichkeit Matt Fairweather, Pilot bei der Air Force. Dort lernt er Colin Carrington kennen und freundet sich mit ihm an – so sehr, dass Colin ihm irgendwann erzählt, in seinem Haus in Kalifornien befinde sich ein Hinweis auf einen versteckten Schatz. Oder vielleicht hat Colin den Hinweis sogar gefunden und erzählt das seinem neuen Freund.

Und dann kommt Colin kurz darauf bei einem Absturz ums Leben und Matt verschwindet für zwei Tage – erinnert ihr euch? Er wurde ›in den Bergen herumirrend‹ gefunden. Und der Flugschreiber, der über das letzte Gespräch zwischen Colin und Matt Auskunft geben könnte, verschwindet ebenfalls und taucht fünfzehn Jahre später im Besitz von Matthew Granville wieder auf. Der inzwischen seinen Namen geändert und das Haus der Carringtons gekauft hat und sich durch Umstände, auf die wir nicht näher eingehen wollen, im Besitz eines Gerätes befindet, mit dem er laut einer Vermutung seines Bruders Gegenstände unter der Erde orten kann.

Wie klingt das?«

Nach einer langen Pause sagte Bob beklommen: »Das klingt übel. Ganz, ganz übel. Willst du damit sagen …« Er brach ab.

»Ich möchte nicht vorschnell urteilen«, sagte Justus. »Aber

falls meine Hypothese stimmt, halte ich es nicht für ausgeschlossen, dass Matt Fairweather den Absturz und den Tod seines Kopiloten entweder herbeigeführt oder zugelassen hat. Und der Flugschreiber könnte das beweisen.«

»Warum hat er das Teil nicht zerstört?«, fragte Peter heiser.

»Peter, wie willst du ein Gerät zerstören, das dafür gebaut ist, einen Flugzeugabsturz zu überstehen?«

»Stimmt auch wieder. Aber dann ist dieser Matthew Granville ein – ein Mörder!«

»Ein Verbrecher ist er auf jeden Fall«, sagte Justus. »Aber offenbar macht er sich die Hände nicht gerne selber schmutzig. Er brauchte zum Beispiel nur dafür zu sorgen, dass sich der Schleudersitz nicht auslösen lässt. Smithy hat er wohl für irgendwelche handwerklichen oder dreckigen Arbeiten bezahlt. Und Winstons Erfindungswahn und Paranoia hat er dazu benutzt, in den Besitz des ›Hörenden Auges‹ zu geraten. Und damit will er wahrscheinlich nach der genauen Stelle suchen, wo das Gold vergraben ist.«

»So oder so«, sagte Peter. »Er ist weg, die Erfindung ist weg und wir haben ein Problem. Wir sollten zur Polizei gehen. Inspektor Cotta glaubt uns bestimmt!«

»Cotta ist hier aber nicht zuständig.« Justus runzelte die Stirn. »Ich frage mich nur, wo wir die sauberen Brüder und das Gold nun suchen sollen.«

»Überhaupt nicht!«, sagte Peter. »Mit einem Mörder will ich nichts zu tun haben!«

»Ich auch nicht«, sagte Bob. »Aber ein paar Hinweise haben wir trotzdem. Ich bin nämlich nach meiner Recherche einfach noch einmal zu Selma Fields, der Putzfrau, gegangen. Erst wollte sie nicht mit mir reden, aber dann sagte sie, beide Granvilles seien ihr so zuwider, dass sie den Job eigentlich gar nicht behalten wollte. Jedenfalls hat sie Matthew Granville in den letzten sechs Wochen mehrmals nach Westen fahren sehen, in die Berge. Und zwar jeden Dienstagabend, wenn Winston gerade den Stadtrat von Brestow mit seinen verrückten Ideen zu Tode nervte.«

»Womit ist er denn gefahren?«, fragte Peter. »Sie hatten doch nur den einen Pick-up, oder?«

»Er wurde immer von jemandem in einem grauen Wagen abgeholt. Ich vermute mal, dass das unser Freund Smithy war. Den kennt Mrs Fields übrigens nicht.«

»Warum ist er denn sechsmal gefahren?«, fragte Peter. »Das klingt so, als wüsste er doch nicht genau, wo das Gold ist!«

»Du hast Recht, Peter.« Justus schaute durch das Fenster über die Wüste hin bis zu den fernen Bergen, die nur als schwarzes Schattenbild vor dem dunkelblauen Himmel zu erkennen waren. »Dann war Colins Hinweis vielleicht nicht vollständig oder nicht verständlich. Jedenfalls gut gemacht, Bob! Wenn Matthew Granville in der Zeit einer Stadtratssitzung in die Berge fahren, nach Bransons Gold suchen und wieder zurückkommen konnte, kann der Ort nicht allzun weit entfernt sein. Sehen wir uns mal um.«

Die Erde bebt

Um keine Zeit mehr zu verlieren und die Kühle der Nacht auszunutzen, einigten sie sich darauf, sofort loszufahren. Sie liehen sich ein paar Decken aus dem leeren Haus, füllten die Wasserkanister auf und machten sich auf den Weg.

Während Justus den Detektivkoffer auf den Knien balancierte und den Inhalt untersuchte, hockte Peter auf dem Rücksitz des Käfers und studierte im Schein seiner Taschenlampe die Karte. »Wenn wir genau nach Westen fahren, kommen wir zu einer Straße, die in die Berge führt. Es gibt da einen Ort namens Whitechurch. Dort können wir fragen, ob jemand die Granvilles gesehen hat.«

Bob nickte. »Hoffentlich ist die Straße da besser. Man sollte nicht meinen, dass wir hier nur drei Stunden von Los Angeles entfernt sind. Diese Gegend ist so trostlos, öde und verlassen wie der Mond.«

»Auf dem Mond wachsen aber keine Joshua Trees«, sagte Justus und zeigte nach rechts, wo eine Gruppe bizarrer, kakteenartiger Yuccapalmen aus dem Wüstenboden ragte. Bob achtete nicht darauf, weil er ein riesiges Schlagloch umfahren musste, das die Scheinwerfer erst im letzten Moment aus der Dunkelheit gerissen hatten. Der Käfer holperte und rumpelte über die Piste und mehrmals zuckten die drei ??? zusammen, wenn ein Stein von den Reifen gegen den Unterboden des Wagens geschleudert wurde.

Nach einer Viertelstunde erreichten sie die Berge. Wie eine Schlange aus Sand wand sich die Straße die Anhöhe hinauf, gesäumt von Stachelpalmen und Felsbrocken. Ein Wegweiser verriet, dass es nur noch eine Meile bis Whitechurch war. »Prima«, sagte Justus, und in diesem Moment bebte die Erde.

Es fühlte sich an, als ob der ganze Berg unter ihnen bockte. Der Käfer machte einen Sprung in die Luft, die Räder drehten sich wie rasend, dann landete er mit einem Krachen, das den drei ??? durch Mark und Bein ging. Ein tiefes, erderschütterndes Grollen füllte die Luft und überall war plötzlich Staub. Haltlos rutschte der Käfer zur Seite, das Licht der Scheinwerfer tanzte wild über Felsen und Gestrüpp. Bob bremste und versuchte gegenzulenken, aber es schien, als sei der ganze Hang ins Rutschen gekommen; Sand und Geröll waren in Bewegung und rissen den kleinen Wagen einfach mit – seitlich in die Dunkelheit auf eine tiefe Rinne zu.

»Raus!«, schrie Justus, löste den Gurt, stieß die Beifahrertür auf und warf sich samt dem Detektivkoffer nach draußen. Peter schaffte es, den Sitz nach vorne zu klappen und sich daran vorbeizuwinden, sprang mit einem Hechtsprung hinaus und rollte nach hinten ab. Aber Bob zögerte zu lange, sein geliebtes Auto zu verlassen, und als er endlich nach dem Sicherheitsgurt griff, war es zu spät. Mit einem scheußlichen Kreischen schrammte der Wagen über einen Felsbrocken, bäumte sich auf und kippte dann ganz langsam, wie in Zeitlupe, nach unten weg. Justus und Peter, die darum kämpften, zwischen den rutschenden Felsen und Sandmassen auf

den Beinen zu bleiben, sahen, wie das Licht der Scheinwerfer für einen Moment durch den aufgewirbelten Staub senkrecht in den Himmel stach, dann ging es aus.
Der Berg zitterte noch einmal, wie im Schmerz, und kam dann zur Ruhe. Das Krachen und Poltern der rollenden Felsen erstarb, der Sand lag still unter einer riesigen Staubwolke. Das ganze Erdbeben hatte kaum eine Minute gedauert.
»Bob!«, schrie Peter, rannte los, rutschte aus und stürzte. Sofort rappelte er sich wieder auf und rannte weiter. »Justus! Schnell!« Justus war ebenfalls gestürzt, kam aber gerade wieder auf die Beine. Den Detektivkoffer hielt er noch immer mit beiden Händen umklammert, ließ ihn jetzt aber fallen und stolperte hinter Peter her. Am Rand der Rinne blieben sie stehen und starrten hinunter.
Zehn Meter unter ihnen stand der Käfer aufrecht am Hang, aber bis zum Fenster der Fahrerseite in Sand und Geröll vergraben. Sofort kletterten und rutschten sie den Abhang hinunter. Als sie bei dem Käfer ankamen, sahen sie, dass die Beifahrertür ebenfalls im Schutt steckte, aber nur angelehnt war. Drinnen versuchte Bob gerade, das Fenster der Beifahrertür herunterzukurbeln, aber es gelang ihm nicht, die Tür war stark verzogen. »Bob!«, rief Peter. »Gott sei Dank! Warte, wir graben dich aus!« Bob nickte und sank auf den Fahrersitz zurück, wo er mit geschlossenen Augen sitzen blieb. Justus und Peter schaufelten den Schutt von der Tür weg und rissen sie schließlich auf. »Bob! Alles in Ordnung?«
»Ich denke schon«, antwortete Bob heiser. »Mann – ich

dachte, jetzt wär's aus.« Peter half ihm beim Aussteigen und Justus kroch in den Wagen und holte einen der Wasserkanister heraus, die sie hinter dem Fahrersitz gestapelt hatten. Wunderbarerweise war er nicht kaputt. Justus gab ihn an Bob weiter, der ihn mit zitternden Händen an den Mund setzte und trank, dann reichte er ihn Peter. Erst als sie alle getrunken hatten und Justus den Kanister zuschraubte, trauten sie sich, den Käfer genauer anzusehen. Er war zerbeult und zerkratzt, das Rückfenster zersplittert und die beiden rechten Reifen, die sie sehen konnten, bestanden nur noch aus Gummifetzen.

»Das ist nicht so schlimm«, sagte Peter aufmunternd. »Den kriegen wir schon wieder hin!«

»Und du ziehst ihn raus, ja?«, sagte Bob. »Das möchte ich sehen.« Plötzlich fing er an zu zittern, seine Beine gaben nach und er setzte sich unsanft auf den harten Boden.

»Schock«, sagte Peter sofort und brachte ihn dazu, sich hinzulegen. Justus kramte die Decken aus dem Auto und Peter half ihm, Bob darin einzuwickeln.

»Zeit für unser Funkgerät«, sagte Justus und kletterte keuchend aus der Rinne nach oben zur Straße – nur war da keine Straße mehr, sie war unter Sand und Geröll verschwunden. Justus holte das Funkgerät aus dem Koffer und schaltete es ein. Aber dabei schaute er in die Wüste hinaus nach Südosten, und was er dort sah, zog ihm den Magen zusammen.

Wo Brestow liegen musste, hing eine rot glühende Wolke.

»O nein«, flüsterte Justus entsetzt. Und zum ersten Mal fing er an zu überlegen, ob das wohl der ›Big Bang‹ gewesen war – das gewaltige, verheerende Erdbeben, auf das ganz Kalifornien schon seit Jahren wartete. Wie sah es jetzt an der Küste aus? Und wie in Rocky Beach? In Kalifornien gab es fast täglich kleinere Erdbeben, die man schon gar nicht mehr beachtete, aber noch nie hatte Justus eins erlebt, bei dem Autos wie Spielzeuge von der Straße rutschten.

Alle Notruffrequenzen schienen belagert zu sein. Er versuchte es ein paarmal, kam aber nicht durch. Stattdessen hörte er plötzlich etwas anderes: drei lange, drei kurze und dann wieder drei lange Piepstöne, die sich nach kurzer Pause wiederholten. Die Töne kamen laut und deutlich aus dem Gerät, der Sender schien also nicht sehr weit entfernt zu sein. Und er sendete SOS – ein dringender Ruf um Hilfe.

»Hallo? Hallo? Hören Sie mich? Geben Sie Ihre Position an!« Aber die einzige Antwort war das Piepsen des SOS.

Dann fiel ihm das Handy ein und er hätte sich am liebsten geohrfeigt, weil er es vergessen hatte. Wo war es? Vorhin im Auto hatte er es noch in der Brusttasche gehabt, aber jetzt war es weg. Es musste aus der Tasche gefallen sein, als er aus dem rutschenden Auto gesprungen war. Er suchte danach, konnte es aber nicht finden. Wahrscheinlich war es, mit Staub und Sand bedeckt, von einem kleinen Stein nicht zu unterscheiden, und er wusste ja auch gar nicht genau, wo er es verloren hatte.

»Hast du jemanden erreicht?«, fragte Peter, als Justus die Rinne herunterschlidderte und neben ihm zum Stehen kam. Bob hatte die Augen geschlossen.

»Nein. In Brestow ist ein Feuer ausgebrochen und niemand

hat mich gehört. Außerdem ist das Handy weg – wir können nicht einmal zu Hause anrufen. Bob?«

»Was ist?«, fragte Bob mit matter Stimme und öffnete die Augen.

»Glaubst du, du kannst laufen?«

»Wohin?«

»Nach Whitechurch. Es ist nur eine Meile entfernt – wir müssten es schaffen können. Dort können sie uns bestimmt helfen.«

»Ich glaube schon, dass ich laufen kann. Aber den Hang komme ich nicht hoch.«

»Wir helfen dir. Peter, hast du deine Taschenlampe noch?«

»Hab ich.« Peter knipste seine Lampe an und der dünne Lichtstrahl glitt über den Käfer, der so tot aussah wie ein hundert Jahre alter Wagen in einer Geisterstadt. Rasch knipste Peter die Lampe wieder aus. »Komm schon, ich helfe dir hoch.«

So machten sie sich an den Aufstieg. Peter stützte Bob, und Justus schleppte drei Wasserkanister, das Funkgerät, drei Decken, den Detektivkoffer und sein eigenes nicht unbeträchtliches Gewicht. Zehn Meter waren eigentlich nicht allzu viel, aber alle drei Detektive waren nass geschwitzt, als sie oben ankamen, und Bob setzte sich erst einmal wieder hin.

Die rote Wolke glühte noch immer im Süden und sie dachten an Jim Mason, den Tankwart. Vor zwei Tagen erst hatte er eine Katastrophe vorausgesagt, und jetzt war sie da. Hoffentlich war er mit heiler Haut davongekommen!

Nach zehn Minuten gingen sie weiter. Peter leuchtete den trügerischen Boden mit der Taschenlampe ab, während er Bob stützte und Justus sich wie ein Packesel hinter ihnen herschleppte. Jedes Rollen eines Steins, jedes Rutschen von Sand jagte ihnen einen Todesschreck ein – ging es wieder los? Kam ein Nachbeben – oder etwas Stärkeres?

Einmal sagte Bob zögernd: »Justus?«

»Ja?«

»Wenn die Granvilles wirklich hier irgendwo gegraben haben, als das Erdbeben kam …«

»Daran denke ich auch die ganze Zeit. Ich habe ein SOS aufgefangen, das vielleicht von den Granvilles stammt, aber solange wir nicht wissen, wo das Versteck ist, können wir nichts tun – nicht einmal, wenn es dir besser ginge.«

»Mir geht's schon wieder ganz gut«, sagte Bob. »Wir können sie nicht ihrem Schicksal überlassen – nicht einmal diesen widerlichen Matthew!«

»Wir können sie aber auch nicht mit den Händen ausgraben«, sagte Justus. »Unsere einzige Chance ist jetzt Whitechurch.«

»Ich glaube, ich sehe es schon!«, rief Peter dreißig Schritte weiter. »Da oben – das sind doch Dächer, oder?«

Sie strengten ihre Augen an, um in der Dunkelheit etwas zu erkennen. »Wenigstens brennt da nichts«, murmelte Bob.

»Sie haben wohl den Strom abgestellt.« Justus gönnte sich einen ordentlichen Schluck Wasser und gab den Kanister an seine Freunde weiter. Mit neuer Kraft marschierten sie weiter. Aber je näher sie der kleinen Ortschaft kamen, desto unheimlicher wurde ihnen zu Mute. Es war viel zu still. Sie hatten erwartet, Leute auf der Straße zu sehen, Feuerwehr- und Krankenwagensirenen, Rufe und Kindergeschrei zu hören, aber außer dem Knirschen ihrer Schritte im Schutt hörten sie gar nichts. Sie erreichten die Hauptstraße. Hier war wenigstens nicht alles zerstört. Die Straße war bis auf einige Risse intakt und auch die Häuser sahen ganz normal aus – bis sie merkten, dass einige Häuser sich so schwer gegen ihre Nachbarn lehnten, als wollten sie jeden Moment einstürzen. Eine Holzhütte am Ortseingang war zu einem Haufen Brennholz zusammengefallen. Und durch die Fassade des Bankgebäudes zog sich ein dicker, dunkler Riss.

Sie fanden kein einziges Auto. Kein Mensch war auf der Straße, alle Fenster waren dunkel, und jede Tür, an die sie klopften, blieb verschlossen.

Whitechurch war verlassen.

»Das gibt's doch nicht!«, rief Peter und seine Stimme hallte weit durch die stille Nacht. »So viel Pech kann man doch gar nicht haben!«

»Ich komme mir vor wie in einem Albtraum«, sagte Bob. »Kollegen, mir tut alles weh – ich muss mich setzen.« Er hockte sich auf die Stufen vor der Bank und presste die Hand auf seine Rippen.

»Just«, sagte Peter, »was ist hier passiert?«

Justus blickte sich um. »Wahrscheinlich sind sie einfach rechtzeitig gewarnt worden. Whitechurch wurde evakuiert, das ist alles – sie haben sich irgendwo in Sicherheit gebracht. Wenn man mitten auf der Bruchstelle zwischen zwei Kontinentalplatten wohnt, ist das wahrscheinlich reine Routine. Für uns ist das jetzt natürlich ein Nachteil. Und auch für die

Granvilles – falls sie wirklich irgendwo hier in der Nähe verschüttet wurden.« Er legte die Hände wie einen Trichter um den Mund und rief laut: »Hallo! Ist hier jemand? Hallo! Wir brauchen Hilfe!«

»Justus!« Peter packte ihn am Arm. »Guck mal da oben! Nein, nicht am Himmel – da auf dem Dach!«

Justus blickte hoch und sah eine schattenhafte Gestalt, die über das Dach eines Hauses auf der gegenüberliegenden Straßenseite huschte und hinter einem Schornstein verschwand. Irgendwo klirrte Glas.

»Was ist das?«, hauchte Peter. »Hier kann es doch keine Gespenster geben!«

»Plünderer«, sagte Bob ganz nüchtern. »Es gibt doch keine bessere Gelegenheit für Einbruch und Diebstahl, als wenn die Stadt evakuiert wurde. Kennen wir doch schon.«

»Plünderer?« Peters anfänglicher Schrecken verwandelte sich in helle Empörung. »So eine Schweinerei! Na warte – den kauf ich mir!«

»Nein, Peter – warte! Wir müssen –« Justus brach ab, denn Peter sprintete schon über die Straße.

»Justus, lauf ihm nach!«, rief Bob. »Der Kerl ist vielleicht bewaffnet!«

»Ich kann dich doch nicht allein lassen! Du bist verletzt und hast einen Schock!«

»Ach Quatsch, mir geht's gut. Los schon, lauf!«

Justus stöhnte und setzte sich in Trab. Da hatte dieser Fall so schön harmlos mit Buchstabenspielchen und Rätseln angefangen, und jetzt verfolgte er Plünderer in einer verlassenen Stadt, während zwei Verbrecher womöglich irgendwo ver-

schüttet waren und um ihr Leben kämpften! Bob hatte recht – die ganze Sache entwickelte sich zu einem Albtraum. Einem höchst anstrengenden noch dazu, denn normalerweise gönnte Justus sich nach körperlichen Anstrengungen, zum Beispiel dem Entladen von Onkel Titus' Pick-up, gerne erst einmal ein bis zwei Wochen Ruhe. Und jetzt hatte er nicht nur Bobs Käfer ausgegraben, sondern war auch noch eine ganze Meile den Berg hochgeklettert. So etwas reichte aus, um ihn aufs Krankenbett zu werfen – er brauchte ganz sicher nicht auch noch irgendwelche Verfolgungsjagden. Trotzdem rannte er weiter, schnaufte und japste, während Peter leichtfüßig vor ihm über die Straße flog und mit jedem Schritt zwei Meter Vorsprung gewann.
»Peter! Halt! Warte!«
Peter dachte gar nicht daran. Er spurtete zu dem Haus, auf dessen Dach er die Gestalt gesehen hatte, und kletterte flink wie ein Wiesel die Feuerleiter hinauf. Als er fast oben war, sah er die Gestalt über sich hinwegfliegen. Es war ein Mann in Jeans, Turnschuhen und T-Shirt. Er landete auf dem Nachbardach, kam aber unglücklich auf und stolperte. Peter hörte Justus hinter sich schnaufen und rief: »Runter! Er ist auf dem anderen Dach!« Er selbst kletterte weiter nach oben bis aufs Dach, drehte sich um, nahm Anlauf und sprang.
Der andere rappelte sich gerade wieder auf, als Peter mit seinem ganzen Gewicht auf ihm landete und ihn niederwarf. Sie rangelten verbissen und Peter wurde es rasch klar, dass er gegen den Plünderer keine Chance hatte. Er war zwar recht kräftig, aber der andere war erwachsen, gelenkig

wie eine Katze und benutzte einige Tricks, die der Zweite Detektiv aus sportlicher Fairness nie angewendet hätte. Ein Tritt zwischen die Beine ließ Peter Sternchen sehen. Er stöhnte auf und krümmte sich zusammen. Sein Gegner stieß ihn weg und kam auf die Füße – nur um von Justus Jonas, der menschlichen Kanonenkugel, sofort wieder niedergerissen zu werden. Er fiel um wie ein Sack Mehl und Justus setzte sich mit seinem ganzen Gewicht auf ihn. »Alles in Ordnung, Zweiter?«

»Bestens«, stöhnte Peter.

»Sehr gut.« Der Plünderer regte sich und fing wieder an zu zappeln und Justus sagte: »Vergessen Sie es, Mister. In dieser Stadt hat es sich ausgeplün–« Er brach ab. »Peter! Guck dir das an! Den Kerl kennen wir doch!«

Peter stemmte sich hoch. Noch immer tat ihm alles weh. »Was? Woher sollen wir ihn denn –« Er stockte, schaute genauer hin und rief ungläubig: »Smithy!«

Der Mann kniff die Augen zusammen und blinzelte argwöhnisch nach oben. »Was? Wer seid ihr? Den Namen kenne ich nicht. Nie gehört. Ich bin's nicht!«

»Smithy«, wiederholte Justus. »Natürlich sind Sie das! Erkennen Sie uns nicht? Wir sind die Detektive! Wir haben Sie aus dem Keller in Rose Hall befreit!«

»Rose Hall?« Smithy lag still und starrte ihn an. »Ja, verdammt will ich sein! Was habt ihr denn hier zu suchen?«

»Wir brauchen Hilfe«, sagte Justus. »Das Erdbeben hat unseren Wagen den Hang hinuntergeworfen und unser dritter Detektiv ist verletzt. Wir hatten gehofft, hier Hilfe zu finden.«

»Hier ist nichts«, sagte Smithy. »Die sind alle abgehauen, als die Warnung kam.«

»Es gab also eine Warnung? Auch für die Küste?«

»Ja, natürlich gab es eine Warnung. Aber wieso für die Küste? Da war doch nichts.«

Justus wurde es fast schlecht vor Erleichterung. Also war zu Hause in Rocky Beach nichts Schlimmes passiert. »Dann war es kein starkes Erdbeben?«

»Stark? Ach was! So etwas haben wir hier alle zwei, drei Jahre. Dann hauen alle ab, machen sich einen schönen Abend und kommen dann zurück, um die paar baufälligen Schuppen abzureißen und neue zu bauen. Sogar die Polizei ist weg, aber ich schätze, dass sie in ein oder zwei Stunden alle hier wieder eintrudeln. Verflixt, so eine Gelegenheit krieg ich nie wieder! Jungs, lasst mich laufen, okay?«

»Damit Sie hier die Häuser ausrauben?«, sagte Peter voller Abscheu. »Kommt nicht in Frage! Wir werden Sie schön verschnürt bei der Polizei abliefern.«

»Von irgendwas muss der Mensch doch leben«, sagte Smithy. »Nachdem das mit den Granvilles nicht geklappt hat –«

»Wegen der Granvilles sind wir hier«, unterbrach ihn Justus.

»Besitzt Matthew Granville ein Funkgerät?«

»Nur das Ding, das ihr für ihn geklaut habt. Hör mal, ich will mich ja nicht beschweren, aber du brichst mir gerade die Rippen. Könntest du vielleicht von mir runtergehen?«

»Nein, weil Sie dann nämlich sofort abhauen würden. Für wie dumm halten Sie uns eigentlich, Smithy?«

»Na, immerhin habt ihr euch von Matthew Granville genauso reinlegen lassen wie ich. Ich dachte, ich versuch's mal.« Smithy lachte, aber es endete in einem gequälten Keuchen. »Junge, du bist echt *schwer*!«

»Wollen wir uns jetzt über meine misslungenen Diätversuche unterhalten? Oder wollen Sie uns sagen, was wir wissen wollen? Falls es Ihnen nicht klar ist, Smithy: Wir befürchten, dass die Granvilles hier irgendwo verschüttet worden sind. Ich habe vorhin einen Notruf aufgefangen.«

»Ist das mein Problem?«

»Wenn Sie wollen, dass ich aufstehe, dann ja.«

Smithy stöhnte. »Das ist eine hundsgemeine Erpressung. In jeder Hinsicht. Warum sollten die Granvilles denn hier sein? In Whitechurch haben die sich noch nie blickenlassen!«

»Nicht in Whitechurch. Smithy, sagt Ihnen der Name Colin Carrington etwas?«

Smithy blinzelte zu ihm hoch. »Nein. Nie gehört.«

»Matt Fairweather?«

»No, Sir.«

»Eliah Branson?«

»Willst du jetzt sämtlich Einwohner der Vereinigten Staaten aufzählen?«

»Wohin haben Sie Matthew Granville in den letzten sechs Wochen jeden Dienstag gefahren? Wir haben einen Hinweis von Winston gefunden: ›Gefahr Fort Carrington Geheim‹. Sagt Ihnen das etwas?«

»Guter alter Winston«, murmelte Smithy. »Für so schlau hätte ich ihn gar nicht gehalten. Also schön – Hauptsache, du hörst auf, mir die Rippen zu zerquetschen. Die Namen da sagen mir gar nichts. Ich habe Granville bloß zu einem uralten Goldgräberstollen gebracht. Die Leute hier nennen ihn das Fort, weil sich da mal einer wochenlang verbarrikadiert und auf alles geballert hat, was in die Nähe kam. Nach einer Woche haben sie ihn gekriegt. Der Stollen ist schon seit Ewigkeiten aufgegeben und eingestürzt. Ich bin nie da reingegangen – ich bin ja nicht lebensmüde! Aber Matthew hat sich in den Kopf gesetzt, ausgerechnet da das ganz große Geld rauszuholen. Wenn ihr mich fragt, ist der Kerl genauso verrückt wie sein Bruder. Aber immerhin zahlt er gut.«

»Was haben Sie für ihn getan?«, fragte Peter. »Haben Sie ihm geholfen den Flugschreiber zu verstecken?«

»Ach, lasst mich doch mit eurem Flugschreiber in Ruhe! Ich hab ihm ein paar Karten besorgt und ihn durch die Berge geführt, weil er sich hier ja nicht auskennt. Stammt aus West Virginia und denkt, unsere Berge wären hier genauso tot wie seine. Und jetzt hat er sich verschütten lassen, ha? Geschieht ihm recht. Der hätte mich in seinem Keller vermodern lassen!«

»Er stammt aus West Virginia?« Im Geiste hakte Justus einen weiteren Punkt auf seiner Liste ab. »Wissen Sie, woher?«

»Nee. Woher soll ich das wissen? Ich hab noch kein Bier mit Mr Granville getrunken.«

Justus runzelte die Stirn. »Also gut. Wo ist dieser Stollen?«

»Nördlich von Whitechurch. Früher gab's da mal eine Straße, aber die ist längst weg. Alles nur noch Schutt und Geröll. Mit meinem Wagen bin ich da nie durchgekommen, aber der Pick-up –«

»Ihr Wagen!«, rief Justus. »Natürlich! Haben Sie Ihr Auto hier?«
»Joah«, sagte Smithy langsam und widerstrebend. »Wieso?«
»Smithy«, sagte Justus, »Sie müssen uns helfen! Wohin wurden die Bewohner von Whitechurch evakuiert?«
»Brestow vermutlich.«
»Dann müssen Sie nach Brestow fahren«, sagte Justus bestimmt. »Da sind zwar wahrscheinlich alle mit dem Löschen des Feuers beschäftigt, aber gehen Sie zur Polizei und melden Sie, dass zwei Männer vermisst werden und wahrscheinlich in diesem Goldgräberstollen verschüttet sind.« Er stand auf, packte Smithy am Arm und fing an, ihn hochzuziehen. »Beeilen Sie sich!«
»Und was macht ihr?«, fragte Smithy misstrauisch.
»Wir versuchen die beiden zu finden. Falls es nicht schon zu spät ist.«
»Ich soll also ganz allein nach Brestow zur Polizei fahren? Wegen eines Typen wie Matthew Granville, der mich *umbringen* wollte?«
»Und wegen eines Typen wie Winston Granville, der Ihnen nie etwas getan hat.«
»Mir nicht, aber euch. Immerhin hat Winston euch hereingelegt!«
»Machen Sie sich darüber keine Gedanken, Smithy.« Justus war schon auf dem Weg zur Feuerleiter. »Komm, Peter!«

In der Todesfalle

»Ist er euch entwischt?«, fragte Bob, der den Detektivkoffer, die Wasserkanister und die Decken bewachte und schon viel besser aussah als noch vor einer halben Stunde.

»Nein, wir haben ihn eingefangen.«

»Und wieder laufenlassen?«

»Es war ein alter Bekannter«, erklärte Justus. »Smithy.«

»Smithy?«, fragte Bob verdutzt. »Wer ist – nein! Der Kerl, den wir in Rose Hall ausgegraben haben? *Der* springt hier über die Dächer?«

»Genau der.«

»Und warum habt ihr ihn diesmal laufenlassen?«

»Justus hat ihn nach Brestow zur Polizei geschickt, damit er die Granvilles als vermisst meldet.« Peter schüttelte den Kopf. »Wenn ihr mich fragt: den sehen wir nie wieder. Der ist über alle Berge!«

»Solange er vorher zur Polizei geht, ist es mir egal«, sagte Justus. »Übrigens sagte er, es sei nur ein kleines Erdbeben gewesen. Zu Hause ist also alles in Ordnung.«

»Schön zu hören«, sagte Bob und stemmte sich hoch. »Jetzt würde ich nur gerne zu Hause anrufen und Bescheid sagen, dass bei uns auch alles in Ordnung ist. Bis auf mein Auto. Ich will gar nicht wissen, was das kosten wird …«

»Nun ja, das Handy ist weg. Aber mir kommt da gerade eine Idee … wenn auch reichlich spät.« Justus zog das Funkgerät aus der Tasche und schaltete es ein. »Hier spricht K6TTI. Bitte kommen!«

»Ich höre, K6TTI«, antwortete eine Stimme. »Hier spricht K6PBF. Was ist Ihre Posi– ach, warte mal! K6TTI? Justus Jonas? Bist du das?«

»Klar, Jeffrey«, antwortete Justus. »Wieso bist du mitten in der Nacht wach?«

»Bin gerade von einer Party gekommen«, antwortete die Stimme. »Und du?«

»Ich bin unterwegs. Hör mal, kannst du mir einen Gefallen tun? Ruf bitte meine Tante und meinen Onkel an und sag ihnen, dass bei mir alles in Ordnung ist. Und dasselbe auch mit den Eltern von Peter und Bob.«

»Äh – wie bitte? Was anderes fällt dir um diese Zeit nicht ein, als dass bei euch alles in Ordnung ist?«

»Ist doch schön«, sagte Justus. »Also, machst du es?«

»Wenn das ein blöder Witz sein soll, Jonas –«

»Durchaus nicht. Bitte ruf jetzt sofort an.«

»Jetzt? Bin ich lebensmüde? Deine Tante reißt mir die Ohren ab! Es ist fast vier Uhr morgens!«

»Keine Sorge«, sagte Justus. »Wie ich meine Tante kenne, steht sie seit ein paar Stunden sowieso neben dem Telefon. Danke, Jeffrey! Ende und Aus!«

»Du spinnst, Justus«, sagte Jeffrey. »Aber bitte sehr. Ende und Aus.«

Es klickte und er war weg.

»Das wäre erledigt«, sagte Justus. »Dann können wir uns weiter mit unserem Fall befassen. Bist du fit genug für noch einen Marsch durch die Berge, Dritter?«

»Ich bin fit für einen Marsch ins Krankenhaus«, sagte Bob. »Wo soll's denn hingehen?«

»Zum ›Fort‹. Smithy sagte, es sei ein alter Goldgräberstollen nördlich von hier. Und er hat Matthew Granville tatsächlich öfter hier hochgefahren und ihn zum Stollen geführt. Also müssen wir davon ausgehen, dass die Brüder Granville jetzt dort sind – und wahrscheinlich in Schwierigkeiten.« Er schaltete das Funkgerät wieder auf Empfang, aber jetzt war der Notruf nicht mehr zu hören. »Also los. Die Decken und Kanister nehmen wir mit. Und ein paar Schaufeln, die ich hinter dem Haus gesehen habe. Und den Koffer auch, den lasse ich nicht einfach hier rumstehen.«

»Was ist da diesmal eigentlich alles drin?«, fragte Bob.

Justus öffnete den Koffer. »Alles, was wir vielleicht brauchen können – zum Beispiel dieser Kompass.« Er holte das Gerät heraus und klappte den Koffer wieder zu. »Das Fingerabdruckset hätte ich diesmal wohl zu Hause lassen können. Aber unsere restlichen Funkgeräte habe ich mitgebracht, auch wenn ich nicht glaube, dass sie uns in dem Stollen viel nützen. Aber vielleicht können wir damit das SOS-Signal anpeilen.«

»Wieso können wir eigentlich ein SOS-Signal empfangen, das unter der Erde abgeschickt wird?«, fragte Peter, während sie losmarschierten und die Schaufeln holten. »Ich dachte, das geht gar nicht?«

»Professor Frazier sagte doch etwas von neu entdeckten Strahlen. Ich muss mich wirklich später mit ihm darüber unterhalten.«

»Wenn es ein Später gibt«, meinte Peter düster. »Habt ihr

mal daran gedacht, dass vielleicht noch ein Erdbeben kommen könnte, während wir in dem Stollen stecken?«

»Ja, das ist natürlich möglich«, sagte Justus. »Wenn du lieber draußen bleiben willst, während Bob und ich hineingehen …«

»Ach, ich gehe auch rein?«, sagte Bob.

»Also schön, dann bleibt ihr eben draußen und ich gehe allein.«

»Dir liegt wirklich viel an den Granvilles, oder?«

»Keineswegs«, sagte Justus. »Aber mir liegt etwas an der Beantwortung meiner Fragen. Und außerdem möchte ich mir nachher nicht sagen müssen, ich hätte nicht einmal versucht diese beiden Halunken zu retten und zumindest Matthew Granville vor Gericht zu bringen.«

Schweigend marschierten sie weiter. Alle drei waren ziemlich angeschlagen und wünschten sich nichts mehr, als zu Hause in ihre Betten zu fallen und mindestens eine Woche lang zu schlafen. Es war eine Sache, gegen Ganoven und Verbrecher anzutreten, aber eine ganz andere, mit Gewalten umgehen zu müssen, die man weder durch Schlauheit noch durch Muskelkraft oder spezielles Wissen besiegen konnte. Der Schrecken, dass der Boden sie plötzlich nicht mehr getragen hatte, war ihnen ordentlich in die Glieder gefahren.

Justus warf einen Blick auf seinen Kompass. »Hier müsste es irgendwo sein. Smithy sagte, die Straße sei schon lange nur noch ein Haufen Schotter.«

»Da drüben!«, sagte Peter und zeigte auf einen Einschnitt zwischen zwei großen Felsblöcken. Und jetzt ging auch endlich der Mond auf und warf sein Licht auf die Berge – hell genug, um den Weg auch ohne Taschenlampen erkennen zu können. Unter ihren Füßen knirschte das Geröll, und es kam ihnen vor, als sei die ganze Welt ausgestorben und nur sie drei noch übrig. »Da ist ein Schild!«, rief Bob und seine Stimme hallte laut durch die Nacht. Er knipste die Lampe wieder an und beleuchtete ein uraltes, verwittertes Holzschild, das auf einen Pfahl genagelt war und Buchstaben erkennen ließ, die man mit einiger Fantasie als *Zum Fort* entziffern konnte.

Hundert Meter weiter fanden sie den Pick-up.

Er stand mitten auf dem Weg, direkt vor einem Stolleneingang, ein wenig schief ins Geröll eingesunken. Auf der Ladefläche lagen ein paar Koffer. Justus kletterte hinauf und öffnete einen davon. »Bücher und komische Geräte. Das dürfte Winston Granville gehören.« Er sprang vom Wagen, ging nach vorne und kletterte kurz ins Führerhaus. Als er ausstieg, sagte er: »Also gut. Ich sehe mich dadrin jetzt um. Ihr wartet, bis die Leute aus Whitechurch kommen, und dann –«

»Bist du noch bei Trost?«, fragte Bob. »Du glaubst doch nicht, dass ich dich allein da zu diesen Verbrechern reingehen lasse! Ich komme mit!«

»Ich auch«, sagte Peter.

»Und wenn nun ein Erdbeben kommt?«

Peter grinste etwas gequält. »Dann ziehen wir dich gemeinsam sowieso schneller raus, als du alleine rennen kannst. Aber müssen wir wirklich unser gesamtes Gepäck mitnehmen? Lassen wir wenigstens den Koffer hier draußen!«

»Wir hätten ihn im Käfer lassen sollen«, meinte Bob.
»Dann wäre er nachher ganz weg.« Justus versteckte den Koffer hinter einem Felsen, knipste seine Taschenlampe an und leuchtete in den Stolleneingang, der wie ein aufgerissenes schwarzes Maul aussah. »Auf geht's.«
Vorsichtig gingen sie hinein. Normalerweise hätten sie nicht weiter über die Festigkeit eines Goldgräberstollens nachgedacht, aber so kurz nach dem Erdbeben trauten sie weder dem Boden unter ihren Füßen noch den Felsen über ihren Köpfen. Und der grob behauene Sandstein sah im Schein der Taschenlampen aus wie verklumptes Mehl – nicht sehr vertrauenerweckend. Die Luft war staubig und trocken und roch nach Sand. In regelmäßigen Abständen waren dicke Holzbalken gegen die Decke gestemmt. Sie waren mit Querbalken verbunden, aber bei einem starken Erdbeben würden sie wie Zahnstocher zersplittern.
Der Stollen führte geradeaus und leicht nach unten. Justus schaltete das Funkgerät wieder ein und sie hörten ein gleichmäßiges statisches Rauschen. Er schaltete es wieder aus. »Das gefällt mir nicht, Kollegen.«
Peter runzelte die Stirn. »Du meinst, am Ende kam der Notruf gar nicht von hier, sondern von irgendwo draußen?«
»Das ist eine Möglichkeit. Aber ich fürchte eher, dass die Batterie des Senders den Geist aufgegeben hat. Und wenn es hier mehr als einen Gang gibt, wird es schwierig, die Granvilles zu finden. Zumal Winston ja auch noch erwähnte, dass es sich um einen Geheimgang handelt.«
»Matthew muss doch früher schon einmal Spuren hinterlas-

sen haben«, sagte Bob. »Ich kann mir nicht vorstellen, dass er durch ein Labyrinth von Gängen spaziert, ohne seinen Rückweg zu sichern.« Er grinste. »Lasst uns mal gucken, ob er schlau war und ein Zeichen auf die Wände gemalt hat.« Er leuchtete die Felswände ab.

»Solange es nur den einen Gang gibt, lohnt sich das aber nicht«, meinte Peter. »Vielleicht an einer Abzweigung.«

Tatsächlich gabelte sich der Gang nach etwa fünfzig Metern. Hier roch es schwach nach Alkohol und Farbe und Bob entdeckte einen Pfeil, der mit schwarzer Farbe auf einen der Holzbalken am linken Durchgang gesprüht war. »Hier!« Er zog seine rote Kreide aus der Tasche und malte ein Fragezeichen über den Pfeil. »So – für alle Fälle.«

Sie folgten diesem Gang weiter in die Tiefe. Er gabelte sich noch viermal und jedes Mal fanden sie einen aufgesprühten schwarzen Pfeil – bis sie plötzlich vor einem Schuttberg standen. Hier waren die Holzbalken tatsächlich weggeknickt und die gesamte Tunneldecke war heruntergekommen. Nicht einmal mit Dynamit konnte man sich hier den Weg freisprengen, da die Explosion wahrscheinlich das gesamte restliche Stollensystem zum Einsturz gebracht hätte.

Justus schaute auf seinen Kompass. »Dieser Gang führt nach Südosten. Versuchen wir es mal mit der letzten Abzweigung nach Nordosten.«

»Aber der schwarze Pfeil zeigt doch hier herein!«, sagte Peter.

»Ich weiß«, sagte Justus grimmig. »Kann ja sein, dass es *vor* dem Erdbeben hier einen Weg gab.«

Sie kehrten um, marschierten in die andere Richtung und

reichten dabei den zweiten Wasserkanister herum. Aber auch dieser Gang endete in einer Sackgasse, nur war es hier kein Einsturz, sondern der Gang hörte einfach auf.
Und plötzlich hörten sie wieder das Piepsen aus dem Funkgerät. Dreimal kurz, dreimal lang, dreimal kurz. Laut und deutlich, als befände sich der Sender unmittelbar hinter dem Gangende.
»Hallo?«, rief Justus laut. »Mr Granville?«
Und gedämpft, aber deutlich hörten sie einen Schrei durch den Fels: »Lauft weg, Jungs! Das ist eine –«
»– Falle«, sagte Matthew Granville hinter ihnen. »Ganz genau. Schön langsam umdrehen, ihr Detektive, weg mit dem ganzen Krempel und Hände hoch!«
Sie ließen Decken, Taschenlampen und Kanister fallen und drehten sich um. Granville stand mit entsicherter Schrotflinte da. Er war staubig und verdreckt, quer über seine Wange lief ein blutiger Riss, nur sein trauriger Hundeblick war unverändert. »Ich dachte mir, dass ihr Winstons Hinweis folgen würdet«, sagte er. »So arbeiten doch echte Detektive, nicht wahr? Laufen jeder Spur nach … geradewegs ins Verderben.«
»Sie haben den Notruf nur vorgetäuscht?«, entfuhr es Peter. »Das ist strafbar!«
»Oh, wirklich? Wie leid mir das tut. Aber keine Sorge, einer von uns ist wirklich in Schwierigkeiten. Mein Bruder hat sich für mich als außerordentlich nutzlos erwiesen.«
»Was haben Sie mit ihm gemacht?«, fragte Bob wütend.
»Ich? Gar nichts. Hältst du mich für ein Monster? Immerhin ist er mein Bruder! Ich habe ihm eine Chance gegeben, sein

ungenutztes Talent zu entfalten. Falls er einmal in seinem verkorksten Leben eine gute Erfindung brauchen kann, dann jetzt.«

»Ich bringe dich um, Matt!«, brüllte Winston durch die Felswand.

Granville beachtete ihn nicht. »Habt ihr noch irgendwelche letzten Fragen?«

»Durchaus«, sagte Justus. »Was haben Sie vor? Wollen Sie uns erschießen?«

»Das ist gar nicht nötig. Ich werde euch einfach in diesem Stollen zurücklassen. Aber keine Sorge, ihr werdet nicht verhungern oder verdursten. Für die allernächste Zukunft hat der vortreffliche Professor Frazier ein starkes Erdbeben vorhergesagt, das den Stollen restlos vernichten dürfte.«

»Und warum wollen Sie uns umbringen?«

»Ist das nicht klar?«

»Ich kann es mir vorstellen«, sagte Justus. »Wir haben zu viel gesehen, nicht wahr? Den Flugschreiber der abgestürzten Corsair von vor fünfzehn Jahren.«

»Ganz richtig.«

»Gehe ich recht in der Annahme, dass sich darauf belastendes Material befindet, das Sie der Mitschuld an dem Absturz und dem Tod von Colin Carrington überführen könnte?«

»Ich sehe, ihr habt eure Hausaufgaben gut gemacht.«

»Also sind Sie wirklich Matt Fairweather?«

»Ich habe diesen Namen schon immer verabscheut«, sagte Granville. »Ich habe mir einen neuen zugelegt und meinen Bruder überredet, das Gleiche zu tun.« Er verzog das Gesicht zu einem höhnischen Grinsen. »Mein Bruder hat schon immer das getan, was ich wollte – ob er es nun wusste oder nicht. Nur nicht, als er ausgerechnet euch um Hilfe bat.«

»Um was geht es denn nun eigentlich?«, fragte Bob. »Wirklich um Eliah Bransons Gold?«

»Gold?«, wiederholte Granville verächtlich. »Jeder Idiot besitzt heutzutage Gold. Nein. Eliah Branson hatte etwas gefunden, das man während der Goldgräberzeit für nutzlosen grauen Dreck hielt und häufig einfach wegkippte, wenn man es gefunden hatte. Erst nach langer Zeit wurde klar, dass dieser ›Dreck‹ weitaus mehr wert war als Gold. Was Branson sich davon versprochen hat, weiß ich nicht, vielleicht war er einfach nur schlauer, vorausschauender oder ignoranter als der Rest. Jedenfalls hat er das graue Metall gehortet. Bei seinem Tod konnte man nichts damit anfangen. Erst viele Jahre später kam Samuel Carrington darauf, was dieses graue Zeug war. Er ließ es untersuchen, fand seine Annahme bestätigt und erzählte es seinem Sohn Colin.«

»Und der erzählte es Ihnen und unterschrieb damit sein eigenes Todesurteil«, sagte Justus.

»Er wollte es der Regierung geben«, sagte Granville gelassen. »Er war ein Schwachkopf.«

»Um was geht es bitte?«, fragte Peter. »Was ist das für ein graues Zeug?«

»Platin«, sagte Justus. »Es dürfte ein Vermögen wert sein. Wie viel ist es, Mr Granville?«

»Rund zwanzig Kilo. Der Marktwert liegt bei etwa einer halben Million Dollar.«

Die drei ??? schnappten nach Luft. »Wie konnte Branson denn *zwanzig* Kilo Platin zusammenbekommen?«, fragte Justus entgeistert.

»Er scheint sein ganzes Leben darauf verwendet zu haben«, erwiderte Granville. »Und zwar wortwörtlich – als die Goldgräber dahinterkamen, dass sein ›Schatz‹ aus zwanzig Kilo dreckigen grauen Metalls bestand, erschossen sie ihn.«

»Und warum haben Sie das Zeug nicht schon längst weggeschafft?«, fragte Bob. »Zwanzig Kilo lassen sich doch problemlos wegtragen!«

»Ja, wenn man sie finden kann«, sagte Granville und schaute ihn mit dem trügerisch traurigen Hundeblick an. »Leider habe ich sie nicht gefunden. Branson hinterließ eine Karte mit einer Markierung, aber ich habe mich hier krumm und lahm gegraben und nichts gefunden. Das Zeug ist weg. Ich habe meinen Freund Colin Carrington für nichts und wieder nichts opfern müssen. Und ihr versteht sicher, dass ich nicht wegen einer so sinnlosen Sache gejagt werden möchte. Deshalb muss ich euch nun leider aus dem Weg schaffen.«

»Warum schmeißen Sie den verdammten Flugschreiber nicht einfach in irgendeinen Abgrund?«, fragte Bob angewidert.

»Das habe ich schon getan. Aber es nützt mir nichts, wenn ihr und mein kriminell minderbegabter Bruder zur Polizei geht. Also gehe ich lieber auf Nummer sicher.«

»Vier Morde statt einem? Und Sie glauben, damit kommen Sie davon?«

»Fünf, fürchte ich«, sagte Granville todtraurig. »Mein armer Bruder kommt hier ja genauso wenig heraus wie ihr.«
»Sie sind ja völlig wahnsinnig!«, schrie Peter so laut, dass es in den Gängen widerhallte. »Das können Sie nicht machen!«
»Wenn du so schreist, stürzt hier wahrscheinlich noch vor dem Erdbeben alles ein«, sagte Granville. »Dreht euch um und geht los. Wenn einer wegzurennen versucht, schieße ich die beiden anderen über den Haufen. Und glaubt ja nicht, dass ich euch mit dieser Schrotflinte nicht ernsthaft verwunden kann. Für meine Zwecke reicht sie vollkommen aus.«
»Tun wir, was er sagt«, meinte Justus und gab sich keine Mühe, seinen Ekel vor dem Mann zu verbergen.
»Kluger Junge«, lobte Granville unbeeindruckt. »Vorwärts!«
Er trieb sie durch den Stollen zurück, an Markierungen und Kreidefragezeichen vorbei. Der Weg schien immer wieder nach links zu führen, wie in einer Spirale. Justus hielt seinen Kompass fest in der erhobenen Hand, wagte aber nicht, einen Blick darauf zu werfen, um Granville nicht darauf aufmerksam zu machen.
Plötzlich sagte Granville: »Halt.«
Sie blieben stehen. Vor ihren Füßen befand sich ein Loch im Boden. Sie konnten nicht erkennen, wie tief es war.
»Lasst die Taschenlampen hier oben«, sagte Granville. »Und dann springt ihr da rein. Winston wartet schon auf euch.«
»Wie tief ist es?«, fragte Justus
»Das wirst du dann schon sehen. Los jetzt!«

»Justus, ich gehe zuerst«, sagte Peter entschlossen. »Ich kann mich im Zweifelsfall besser abfangen als du.«
»Bist du sicher? Ich meine –«
»Keine Diskussionen!«, zischte Granville, der überraschenderweise plötzlich die Nerven zu verlieren schien. »Mir ist egal, wer zuerst springt, aber runter mit euch!«
Peter setzte sich an den Rand des Loches, stieß sich ab und verschwand in der Finsternis. Justus und Bob starrten ihm nach und versuchten verzweifelt, die Dunkelheit mit den Augen zu durchdringen. Wenn es nun ein bodenloser Schacht war? Wenn nun –
»Alles klar«, klang seine Stimme direkt unter ihnen. »Es sind kaum zwei Meter.«
»So ist es«, sagte Granville. »Und wenn ihr nicht in fünf Sekunden unten seid, schieße ich!«
Da es so klang, als ob er es ernst meinte, fasste Justus sich ein Herz, setzte sich hin und rutschte in das schwarze Loch hinab. Peter fing ihn auf und hielt ihn fest, bis er das Gleichgewicht wiedergefunden hatte, dann stützten sie beide Bob, der zwischen ihnen landete und einen Schmerzensschrei ausstieß.
»Was ist los?«, fragte Peter besorgt.
»Meine Rippen«, stöhnte Bob. »Ich glaube, bei dem Erdbeben habe ich mir doch etwas verknackst –«
Matthew Granville wartete nicht, bis sie sich auseinandersortiert hatten. Durch die Falltür blickte sein trauriges Gesicht auf sie herab. »Lebt wohl, ihr Detektive. Wenn ihr euch beeilt, könnt ihr Winston vielleicht noch retten … wozu auch immer das vor dem Erdbeben noch gut sein

mag. Und bemüht euch später nicht um diesen Ausgang. Hier oben liegt genug Geröll, um euch für immer zu begraben.«
Er schob ein Brett über das Loch, und die drei ??? standen in völliger Finsternis. Sie hörten, wie es über ihnen krachte und polterte, und dann wurde es still.

Ausgleichende Gerechtigkeit

Ohne Taschenlampen tasteten sie sich durch die Dunkelheit, blind wie Maulwürfe. Bei jedem Knirschen von Sand, bei jedem rollenden Steinchen gefror ihnen das Blut – kam das Erdbeben? War jetzt alles vorbei? Aber der Fels über ihnen, um sie und unter ihnen blieb reglos und verriet nichts von der tödlichen Gefahr aus der Tiefe.

Der Gang führte weiter im Kreis nach links. Plötzlich sahen sie vor sich einen Schimmer von rötlichem Licht. Nach der tiefen Dunkelheit erschien es ihnen unverhältnismäßig grell, aber als sie näher kamen, merkten sie, dass es nur das Licht einer brennenden Gaslampe in einer kleinen Höhle war. Es beleuchtete zwei Schaufeln, einen Eimer, ein zusammengerolltes Seil, einen grauen Kasten mit ein paar Knöpfen und Schaltern und eine Abbruchkante, wo das Erdbeben – oder ein früheres – die Höhle auseinandergerissen hatte. Justus hob die Lampe auf und sie traten vorsichtig an die Kante heran.

Sechs Meter unter ihnen saß Winston Granville auf einem Felsvorsprung und blinzelte gegen das Licht nach oben. Unter ihm verlor sich das Licht in bodenloser Schwärze.

»Mr Granville!«, entfuhr es Peter.

»Ah – seid ihr das, Jungs?« Die Stimme des Erfinders war so kräftig und unbekümmert wie immer. »Das ist eine verteufelt böse Situation, in die ich euch da gebracht habe. Tut mir wirklich sehr leid. Ihr könnt mich nicht zufällig hochziehen, oder?«

»Wir werden es versuchen«, sagte Justus.

Er stellte die Lampe ab und warf ein Ende des Seils nach unten. Granville band es sich um die Brust und die drei ??? packten das Seil und begannen zu ziehen. Aber sofort stieß Bob wieder einen leisen Schrei aus und fasste sich an die Rippen.

»Au! Tut mir leid, Kollegen aber ich falle dafür aus.«

»In Ordnung«, sagte Justus. »Peter und ich schaffen das auch allein.«

Sie zogen. Und sie hatten Glück, dass Winston Granville zwar groß, aber ziemlich dünn und sogar recht sportlich war. Er stützte sich mit den Beinen ab und kletterte an den Felsen entlang nach oben, bis er sich über die Abbruchkante wälzen konnte.

Peter löste den Knoten des Seils und rollte es auf, während er düster den Mann betrachtete, der ihnen das alles eingebrockt hatte. Winston Granville sah noch stärker mitgenommen aus als sein Bruder. Er hatte eine blutige Schramme auf der Stirn, unter der sich die Haut blau und gelb verfärbte. Sein buntes Hemd war staubig und zerrissen, Hände und Knie aufgeschürft, die Haare zerzaust. Seine Hosentaschen waren eigenartig ausgebeult. Er blieb einen Augenblick lang liegen, dann setzte er sich auf. »Danke, Jungs. Das war nicht gerade der angenehmste Platz dort unten.«

»Wie sind Sie da hinuntergekommen?«, fragte Bob. »Sind Sie abgestürzt?«

»Keineswegs«, sagte Winston. »Matthew hat mich runtergeschickt. Ich sollte überprüfen, ob da unten vielleicht das Versteck dieses verdammten Platins sei. Aber zu dem Zeitpunkt war ich schon ziemlich wütend auf ihn und er auf mich. Als ich also raufrief, da sei kein Platin, zog er das Seil rauf und sagte, von ihm aus könnte ich da unten verrecken.«

»Lieber Himmel«, murmelte Peter. »Ist der Kerl wirklich Ihr Bruder?«

»Ist er, ja. Und ich hatte ihn eigentlich immer ganz gern – bis zu dieser Geschichte mit dem armen Colin. Den kannte ich nämlich auch, müsst ihr wissen. Danach wurde Matt immer seltsamer. Ich dachte mir nichts weiter dabei, aber irgendwann wurde es mir etwas unheimlich. Er war nicht mal mehr an meinen Erfindungen interessiert!«

»Sehr sonderbar«, sagte Bob mit todernstem Gesicht. »Aber können wir das auf später verschieben? Ich möchte sehr gerne hier raus, bevor das Erdbeben kommt!«

»Was für ein Erdbeben?«, fragte Granville.

»Das, welches Professor Frazier für die nächsten Stunden oder Tage vorhergesagt hat!«

»Hat er das wirklich? Erstaunlich. Ich dachte immer, die Erdbebenvorhersage sei ein äußerst unsicheres Geschäft. Nein, Jungs, macht euch da mal keine Gedanken. Da kommt bestimmt kein Erdbeben.«

»Ist ja auch höchst unwahrscheinlich – mitten auf der San-Andreas-Verwerfung«, meinte Peter sarkastisch.

»Nehmen Sie es mir nicht übel, Mr Granville«, sagte Bob, »aber ich glaube, Professor Frazier versteht davon mehr als Sie.«

»Durchaus möglich«, sagte Granville friedlich. »Ich kann ja nicht auf allen Fachgebieten brillieren, haha! Aber wie kommen wir nun hier heraus?«

»Wenn es außer dem Loch dahinten keinen anderen Weg gibt, dann kommen wir überhaupt nicht raus«, sagte Peter. »Justus, was machst du da eigentlich?«

Justus, der neben dem grauen Kästchen kniete und an den Schaltern drehte, blickte auf. »Ich versuche herauszufinden, wie es funktioniert.« Ein lautes Knattern ließ alle vier zusammenfahren und Justus drehte schnell die Lautstärke herunter. »Ich glaube, das hier war die Messung der Erdspannung.«

»Danke, das wollte ich gar nicht wissen!«, rief Peter. »Justus, wie kannst du so ruhig sein? Hier kann jeden Augenblick alles zusammenbrechen!«

»Peter, du wirst die Bewegung der Kontinentalplatten auch nicht dadurch aufhalten können, dass du in Panik ausbrichst. Ich werde versuchen mit dem ›Oculus Audiens‹ ein Hilfesignal auszusenden. Du und Bob, ihr könntet währenddessen nachsehen, ob es nicht doch einen zweiten Ausgang gibt – irgendetwas, das Matthew Granville übersehen hat. Nehmt die Lampe mit; ich orientiere mich hier sowieso an den akustischen Signalen.«

»Also gut«, sagte Bob und nahm die Lampe. »Komm, Peter.«

Sie nahmen eine Schaufel mit und folgten dem Gang bis zurück zu dem Loch, durch das sie gesprungen waren. Bob hielt die Lampe, während Peter mit der Schaufel gegen das Holzbrett drückte. Es rührte sich nicht. Schließlich gab er auf. »Da oben müssen mehrere Tonnen Geröll liegen. Bob – was machen wir, wenn wir hier nicht rauskommen?«

»Justus fällt schon etwas ein«, sagte Bob und hoffte, dass er so beruhigend klang, wie er sich gab. Der Unterton von Panik in Peters Stimme gefiel ihm gar nicht und er wusste, dass er auch selber nicht mehr weit von Panik entfernt war. Außerdem taten seine Rippen weh und er fühlte sich noch immer benommen von dem Schock, hilflos in seinem Auto auf einen Abgrund zuzurutschen. »Sehen wir uns mal den Rest dieses Stollens an.«

Justus horchte auf die leisen Piepser des ›Oculus Audiens‹ und bereute schon, dass er Peter und Bob die Lampe mitgegeben hatte. Hin und wieder leuchteten auf einem kleinen Display Zahlen auf, mit denen er nichts anfangen konnte. Falls da noch andere, unbeleuchtete Hinweise auftauchten, konnte er sie nicht sehen. Er verstand die Arbeitsweise des Gerätes nicht und spürte, wie ihm die Zeit davonlief. Und es half ihm auch nicht, dass Winston Granville ununterbrochen redete.

»Ich war ja nicht ganz blöd«, sagte das Universalgenie in der Finsternis. »Ich meine, es tut mir ja leid, dass ich euch in diese Sache hineingezogen habe, aber der Trick mit Cäsar und dem Päckchen war doch gut, oder? Zumindest hat es euch neugierig gemacht.«

»Warum haben Sie eigentlich ausgerechnet uns angerufen?« Justus lauschte auf ein kratzendes Geräusch im Lautsprecher des Gerätes und fragte sich, ob das möglicherweise eine Ankündigung des Erdbebens war. »Als Detektive sind wir in Brestow oder Whitechurch ja nicht gerade bekannt.«

»Ich hatte eure Karte«, sagte Winston und Justus hörte, wie er dabei grinste. »Vor einiger Zeit war ich auf einem Erfinderkongress in New York und da traf ich einen älteren Herrn – Peck oder Pock oder so ähnlich. Er erzählte mir ganz stolz von seinem Enkel, der ein Detektivbüro in Rocky Beach leitete, und gab mir die Visitenkarte. Bist du eigentlich dieser Enkel?« Justus seufzte unhörbar. »Nein, das ist Peter. Aber ich leite unser Detektivunternehmen. Peter ist Zweiter Detektiv und Bob ist zuständig für Recherchen und Archiv. Und Sie wollten wirklich nur, dass wir das ›Hörende Auge‹ für Sie stehlen?«

»Nicht ganz«, gab Winston zu. »Zu diesem Zeitpunkt war mir Matthew schon etwas unheimlich geworden. Ich dachte, wenn ich Detektive engagiere und sie in Rose Hall herumlaufen lasse, finden sie vielleicht etwas heraus. Und ihr habt ja auch etwas herausgefunden.«

»Mhm«, machte Justus und drehte an einem Schalter. Nichts passierte. »Ich nehme an, das da drüben ist der Abgrund, in den er den Flugschreiber geworfen hat?«

»Stimmt«, sagte Winston. »Hätte mir damit fast den Schädel eingeschlagen. Ehrlich gesagt, ich möchte gar nicht wissen, was Colin ihm gesagt hat, als er merkte, was er vorhatte. So etwas bringt alle Beteiligten nur um den Schlaf. Und es ist schon so lange her …«

»Mr Granville«, sagte Justus fest. »Ihr Bruder ist ein Verbrecher und ich werde ihn vor Gericht bringen – und wenn es das Letzte ist, was ich tue!«

Winston Granville seufzte tief. »Ich weiß. Du hast ja Recht.«

Die Erde zitterte, etwas knirschte ganz leise und Justus erstarrte und spannte alle Muskeln an – doch nichts geschah. Ganz langsam entspannte er sich wieder.

Im nächsten Moment fuhr er so heftig zurück, dass er sich hart auf den Hosenboden setzte und sein Herzschlag in den Ohren dröhnte. Das ›Hörende Auge‹ hatte endlich auf seine Fummelei reagiert. Er hatte es geschafft!

»– ist niemand«, sagte eine Stimme aus dem Lautsprecher. »Sie wollen mich für dumm verkaufen. Wissen Sie eigentlich, dass das strafbar ist? Ich habe drüben in Brestow mehr als genug zu tun!«

»Schon klar, Officer«, antwortete eine zweite Stimme ungeduldig. »Von mir aus kann ich auch abhauen. Ich hab jedenfalls meine Pflicht als amerikanischer Staatsbürger getan – will sagen, ich hab getan, um was der dicke Junge mich gebeten hat. Rufen Sie Ihre Leute her. Hier ist der Stollen, die Jungs sind irgendwo dadrin, und ich fahre jetzt nach Florida und leg mich an den Strand.«

»Smithy«, flüsterte Justus, fand seine Stimme wieder und rief: »Smithy!«

»Was –?«, kam Smithys Stimme zurück, aber der Polizist unterbrach ihn barsch. »Wer ruft da?«

Justus holte tief Luft. »Mein Name ist Justus Jonas. Wo sind Sie? Vor dem Stolleneingang von Fort Carrington?«

»Ja, allerdings«, sagte die Stimme im Funkgerät. »Wer bist du? Bist du in dem Stollen?«

»Ja, Sir. Matthew Granville hat seinen Bruder, mich und meine Kollegen hier im Stollen eingesperrt, aber das ist nicht so wichtig.« Er sah, wie Bob und Peter mit der Lampe zurückkamen und verblüfft stehen blieben, fuhr aber unbeirrt fort: »Wichtiger ist, dass Sie ihn fangen. Sein wirklicher Name ist Matt Fairweather und er ist verantwortlich für den Tod von Colin Carrington bei einem Flugzeugabsturz hier über der Wüste vor fünfzehn Jahren. Er hatte den Flugschreiber aus dem Wrack gestohlen und versteckt, und vorhin hat er ihn hier in eine Erdspalte geworfen. Wir kamen leider zu spät. Es ging ihm um Carringtons Platinschatz, den er mit Hilfe des von Professor John Frazier gestohlenen ›Hörenden Auges‹ zu finden versuchte. Das ist das Gerät, mit dem ich hier funke. Haben Sie alles gehört? Passen Sie auf, er hat eine Schrotflinte und –«

»Moment, Moment, Moment!«, rief der Polizist. »Was erzählst du da für ein Zeug? Bist du übergeschnappt? Was soll das? Ach, egal – zuerst holen wir euch da raus! Für diese Gegend ist ein schweres Erdbeben angekündigt, das jederzeit losgehen kann!« Wieder knirschte es im Fels. Justus fühlte, wie ihm der kalte Schweiß ausbrach. »Nein! Verfolgen Sie Granville!«

»Es hat keinen Sinn, Justus«, sagte Winston. »Matthew ist doch längst über alle Berge!«

»Nein, das ist er nicht, weil ich nämlich die Zündkabel aus dem Pick-up gerissen habe, bevor wir in den Stollen gegangen sind. Er muss noch in der Nähe sein!«

»Hier steht tatsächlich ein Pick-up«, sagte der Polizist. »Also gut. Johnson! Sehen Sie sich mal in der Gegend nach diesem Matthew Granville um. Angeblich ist er bewaffnet. Ihr anderen, kommt!«

»Wo seid ihr, Justus?«, fragte Smithy dazwischen.
»Der Weg gabelt sich. Folgt dem rechten Gang. Er endet vermutlich an einem Haufen Geröll. Darunter ist ein Brett oder eine Falltür. Wir warten dort auf euch.«
Er packte das Gerät. Granville stand auf und die vier hasteten durch die staubige, knirschende Dunkelheit zu dem Loch zurück. Dort standen sie, warteten und lauschten – und plötzlich ging ein kurzer, scharfer Ruck durch die Felsen, als ob der Berg einmal kurz mit der Schulter zuckte. Von der Höhle kam ein dumpfes, bedrohliches Grollen, es krachte, Staub rieselte von den Wänden –
Und dann wieder Stille.
»Habe ich eigentlich schon weiße Haare?«, fragte Peter mit rauer, kratziger Stimme.
Bob sagte gar nichts. Seine Augen waren riesengroß im schwachen Licht der Lampe.
Selbst Winston Granville schwieg.
Über ihnen rief jemand: »Hier! Hier ist es! Ich hab's gefunden!« Steine polterten und rollten zur Seite. Ein Kratzen und Scharren, und das Brett verschwand. Zwei Gesichter starrten zu ihnen herunter: Smithy und ein rundlicher Polizist.
»Raus hier«, sagte der Polizist mit Nachdruck. »Und zwar schnell.«
Fünf Minuten später waren sie alle vier am Seil hochgeklettert, hatten das ›Hörende Auge‹ nach oben gezogen und hasteten zum Ausgang. Der Berg lag wieder ruhig da, aber jetzt gerade wollte niemand mehr ein Risiko eingehen und etwa nach Decken, Wasserkanistern oder Taschenlampen

suchen. Sie stolperten zum Stollenausgang und sahen, dass es längst heller Tag war. Die Hitze traf sie wie ein Schlag, aber der Polizist ließ ihnen keine Zeit zum Ausruhen und trieb sie zu dem bereitstehenden Krankenwagen. Justus schaffte es gerade noch, den Detektivkoffer aus seinem Versteck zu holen. Smithy winkte ihnen ironisch grüßend zu, grinste und rannte weg. Die Tür des Krankenwagens wurde zugeschlagen und der Wagen fuhr los.

»Wir sind eigentlich nicht verletzt«, sagte Justus zu dem Helfer. »Nur Bob hat es an den Rippen erwischt, als –«

»Mein Käfer!«, rief Bob und saß plötzlich kerzengerade. »Wir müssen mein Auto noch aus dem Abgrund holen!«

»Später«, sagte der Helfer. »Jetzt legst du dich erst einmal hin.«

Am Nachmittag holte Professor Frazier die drei ??? aus dem Krankenhaus ab und begleitete sie zur Polizei. »Ich möchte mich bei euch bedanken«, sagte er. »Ihr habt nicht nur meine Erfindung zurückgebracht, sondern wohl auch ein sehr dunkles Kapitel in unserer Stadtgeschichte aufgeklärt. Man hatte uns lange im Verdacht, diesen Flugschreiber gestohlen zu haben. Es ist eine Schande, dass Matthew Granville ihn doch noch vernichten konnte. Die Aufzeichnungen wären sicher von unschätzbarem Wert gewesen. Jetzt wird es schwierig sein, Granville etwas nachzuweisen.«

»Hoffentlich erwischen sie ihn«, sagte Peter. »Dieser Mistkerl darf keinen Tag mehr frei herumlaufen!«

»Was passiert denn mit seinem Bruder?«, fragte Bob.

»Winston? Der hat ja kein Verbrechen begangen, er hat nur

Beihilfe geleistet. Ich glaube, sie werden ihn gegen eine Kaution vorerst laufenlassen.«

»Und Smithy?«

»Wer?«

»Ach, niemand. Schon gut.«

Sie gingen durch Brestow und schauten sich die Häuser an. Alle schienen das Erdbeben gut überstanden zu haben. Nur die Tankstelle war ausgebrannt. Jim Mason, der Tankwart, war ihnen im Krankenhaus begegnet. Mit Außnahme von ein paar leichten Verbrennungen war ihm nichts passiert und außer ihm war niemand im Ort verletzt worden.

»Hatten Sie nicht ein besonders starkes Erdbeben vorhergesagt?«, fragte Peter. »Nicht dass ich mich beschweren will, aber so ganz zutreffend war Ihre Prognose ja nun nicht.«

Frazier nickte. »Diesmal habe ich mich sehr gern geirrt. Aber es beweist, dass die Erdbebenvorhersage noch immer in den Kinderschuhen steckt. Ich glaube aber, dass ich mit meinem ›Hörenden Auge‹ auf dem richtigen Weg bin. Und irgendwann kommt der ›Big Bang‹. Je früher wir darauf vorbereitet sind, desto besser.«

Sie erreichten das Polizeigebäude und traten ein. Winston Granville saß auf einer Bank und winkte, als er die drei ??? sah. Sie winkten kurz zurück und folgten einem Polizisten, um ihre Aussage zu machen.

Nach etwa einer Stunde kamen die Männer des Suchtrupps zurück. Einer von ihnen ging zu Winston Granville. »Mr Granville?«

Winston blickte auf. »Ja?«

»Ich muss Ihnen leider mitteilen, dass wir Ihren Bruder tot

aufgefunden haben. Er wurde von einer Klapperschlange gebissen. Er muss noch eine Weile orientierungslos und im Schock durch die Wüste gelaufen sein und ist dann gestorben.«

»Ich verstehe«, sagte Winston Granville und blickte eine Weile nachdenklich zu Boden. »Armer Matthew! Er wollte immer reich sein. Aber am Schluss hat er's dann übertrieben.« Er gab sich einen Ruck, stand auf und fischte einen Klumpen graues Metall aus seiner Hosentasche. »Hier Jungs, dann sollt ihr es bekommen. Als Entschädigung. Ich will's nicht haben.«

Justus starrte den Klumpen an und wurde blass. »Wo – wo haben Sie das her?«

»Aus der Erdspalte in der Höhle natürlich«, sagte Granville. »Das Zeug war genau da, wo Matthew es vermutete – mindestens dreißig dieser grauen Brocken. Als ihr mich hochgezogen habt, habe ich schnell ein paar davon eingepackt. Ich wollte sie Matthew ins Gesicht werfen, wenn ich ihn wiedersehe. Aber jetzt denke ich, ich gebe sie euch.«

»Wie viel ist das wert, Just?«, fragte Peter heiser.

»Wenn zwanzig Kilo eine halbe Million wert sind und in diesen Brocken etwa hundert Gramm reines Platin stecken, dann dürften es rund zweitausend Dollar sein«, sagte Justus langsam. »Wir wollen es nicht haben, Mr Granville, und wir dürften es auch gar nicht annehmen. Schicken Sie es an die Familie von Colin Carrington – sie sind die rechtmäßigen Besitzer.«

»Ja, das werde ich tun«, sagte Granville und steckte den Brocken wieder ein. »Noch mal schönen Dank für eure Hilfe,

Jungs! Ich glaube, ich werde mich demnächst mit Professor Frazier in Verbindung setzen und ihm sagen, wie er sein ›Oculus Audiens‹ verbessern kann. Da sind noch eine Menge Schwachstellen. Und außerdem habe ich ein paar gute neue Ideen für den Stadtrat von Brestow – vor allem, was die Sicherung ihrer Energiequellen gegen Erdbeben angeht. Ich werde viel zu tun haben. Macht's gut, Jungs!«

Sie schauten ihm nach. Schwungvoll marschierte er davon – und lief Professor Frazier geradewegs in die Arme.

»Das Treffen der Naturgewalten«, sagte Justus. »Eigentlich möchte ich ja zu gerne hören, was die beiden sich zu sagen haben. Andererseits möchte ich jetzt einfach nur noch nach Hause fahren, mich mit Tante Mathildas Kirschkuchen ins Bett legen und zwei Wochen lang schlafen.«

Sie lachten, aber dann wurde Bob wieder ernst. »Ich finde Matthews Ende ziemlich gruselig«, meinte er. »Nach dem Absturz hat er den Schock vorgetäuscht und ist hier in der Wüste herumgelaufen – und am Ende wieder, nur diesmal war es echt.«

»Ich nenne das ausgleichende Gerechtigkeit«, sagte Peter. »Kommt, hauen wir ab – wir müssen ja auch den Käfer noch aus dem Dreck ziehen.«